Britta Röder

Das Gewicht aller Dinge

GRÖSSENWAHN VERLAG

Britta Röder

Das Gewicht aller Dinge

GRÖSSENWAHN VERLAG

Roman

Röder Britta: Das Gewicht aller Dinge. Frankfurt am Main, Größenwahn Verlag 2021

1. Auflage 2021
ISBN: 978-3-957712-87-5

Dieses Buch ist auch als eBook erhältlich und kann über den Handel oder den Verlag bezogen werden.
ePub-eBook: 978-3-957712-88-2

Lektorat: Angellika Bünzel, Friedrichsdorf
Korrektorat: Lilly Seidel, Hamburg
Satz: metiTec Satzsystem, me-ti GmbH Berlin
Umschlaggestaltung: Annelie Lamers, Größenwahn Verlag
Umschlagmotiv: © juli4ka/stock.adobe.com

Bibliografische Information der Deutschen Nationalbibliothek: Die Deutsche Nationalbibliothek verzeichnet diese Publikation in der Deutschen Nationalbibliografie; detaillierte bibliografische Daten sind im Internet über https://dnb.de abrufbar.

Der Größenwahn Verlag ist ein Imprint der Bedey und Thoms Media GmbH, Hermannstal 119k, 22119

---

https://www.groessenwahn-verlag.de
Gedruckt in Deutschland

Für meine Großeltern:

Grete und Fritz
Godelieve und Günther
Anni und Jakob

„Weißt du, Valerio, daß selbst der Geringste unter den Menschen so groß ist, daß das Leben noch viel zu kurz ist, um ihn lieben zu können?“

aus: Georg Büchners „Leonce und Lena“, 3. Akt, 1. Szene

1

So nah waren sie dem Himmel noch nie gekommen: Die makellose Unendlichkeit über der Piazza del Campo, darunter die Stadt Siena in ihrem Festgewand aus Gotik und Renaissance und mittendrin er mit Sybille an einem kleinen runden Caféhaustisch.

Die Luft erfüllt vom babylonischen Stimmengewirr der Touristen, ein ständig auf und ab brandendes Plaudern, Lachen und Rufen, dazwischen italienische Popmusik. Der klare Klang der Kirchenglocken hebt sein Herz empor. Wie auf einer Insel außerhalb der Zeit sitzen Sybille und er inmitten des Gewimmels, gut behütet unter den strengen Blicken der Kellner. Alles zusammen eine beeindruckende Choreografie durch die Hand eines großen Meisters, der keinen Aufwand gescheut hat, um genau diesen Moment perfekt zu erschaffen.

Das ist ihr Moment. Der Moment, in dem sich die ganze Welt nur um sie dreht, weil sie sich in diesem Moment selbst die ganze Welt sind. Ein Moment ohne Angst und Sorgen, ohne Kriege und Gefahren, ohne Krankheit und Tod, ohne das Böse in der Welt, das Gierige, das Rachsüchtige und Hartherzige. Ein Moment, in dem alles um sie herum im Einklang steht. So perfekt wie nur eine Illusion es sein kann.

Überwältigt wagen sie kaum sich zu bewegen, zu sprechen noch weniger. Wortlos reichen sie einander über das Mamorrund hinweg die Hände, als bräuchten sie Halt in so schwindelerregender Höhe. So nah waren sie dem Himmel noch nie gekommen.

»Deine Idee mit der Reise war wundervoll«, flüstert Rolf vorsichtig, um das perfekte Schweigen zwischen ihnen nicht zu verletzen. Doch obwohl der Zauber dieses besonderen Moments noch immer andauert, hat er durch die Verwendung des kleinen Wörtchens *war* unbewusst bereits damit begonnen, diesen in eine Erinnerung zu verwandeln. Vielleicht, weil nur in der Erinnerung das perfekte Glück auf Dauer zu ertragen ist?

Auch Sybille entzieht sich dem Augenblick. Unbekümmert lässt sie ihre Gedanken vorauseilen.

»Wir könnten noch ein paar Tage dranhängen«, flüstert sie zurück. »Zu Hause läuft uns nichts davon.«

Er lächelt nur.

Inzwischen hat der Nachmittag seinen goldenen Zenit überschritten. Es wird Zeit, Pläne für den Abend zu schmieden.

»Wollen wir in der kleinen Trattoria essen, an der wir gestern vorbeigefahren sind?«, fragt Rolf.

»Was hältst du von einem kleinen Umweg?« Sybilles Blick funkelt vielsagend. »Wir könnten einen Stopp auf der Wiese einlegen, auf der wir gestern unser Picknick hatten. Um diese Zeit sind wir sicher allein dort.«

Ein zarter Sog erfasst beide, umspielt sie wie eine sanfte Dünung. Genüsslich schieben sie ihren Aufbruch vor sich her, kosten ihre Erwartungen aus. Dann, ohne ein Wort, nicken sie einander zu und erheben sich einvernehmlich.

Auf einmal haben sie es eilig. Sie können es kaum abwarten, die Stadt hinter sich zu lassen. Ungeduldig wirft Rolf einen Geldschein auf den Tisch und ohne das Wechselgeld abzuwarten, eilen sie zum Wagen und fahren los.

Wie im Traum fliegen sie in ihrem Cabrio über die zypressengesäumten Hügel und Täler. Ein Sommerwunderland nur für sie. Der Wechsel von Schatten und Sonne in den langgezogenen Alleen wirft ihnen verspielte Lichtreflexe in die Augen. Völlig benommen erreichen sie einen einsamen Feldweg und laufen Hand in Hand in das blühende Wiesengrün. Laut auflachend, werfen sie ihre Kleidung von sich und sinken nackt auf ein Bett aus Gräsern und Blumen. Liebkosungen und Küsse auf ihrer Haut. Wieder und wieder. So nah waren sie dem Himmel noch nie gekommen.

Erst als die Sonne sich matt dem Horizont zuneigt, spüren sie die aus dem Grund aufsteigende Kühle, die nach ihnen greift. Hastig schlüpfen sie zurück in ihre Kleider.

Ihr Hunger meldet sich und erinnert sie daran, dass sie noch weiterfahren wollen. Also eilen sie zum Auto und setzen ihren Weg fort.

Der Empfang in der Trattoria ist so herzlich, als habe man sie erwartet. Unaufgefordert bringt man ihnen Essen und Wein. Ein Abendmahl von himmlischer Fülle, reichhaltig und zugleich exquisit. Bis spät in die Nacht hinein tafeln sie, kosten Oliven, Käse und frisches Brot, probieren verschiedene Pasta-Gerichte, Fleisch und Gebäck, bis ihre Sinne völlig erschöpft sind.

Später würde Rolf sich fragen, ob ihn so viel Glück nicht hätte misstrauisch machen müssen. Ob er nicht hätte wissen müssen, dass man sich nicht so leichtfertig in die Nähe des Himmels begeben darf. Dass man niemals aufhören darf, achtsam zu sein.

Kalter Schweiß tritt Rolf auf die Stirn, denn er weiß, was jetzt gleich passieren wird: Die Fahrt zurück ins Hotel auf der nachtschwarzen Straße. Sie beide im Wageninnern, vom blauen Licht der Armaturen zärtlich eingehüllt. Sybille am Steuer, da sie keinen Wein getrunken hat. Ihr müdes verträumtes Lächeln, in einer leichten Rechtskurve das grellgelbe Aufblitzen zweier Scheinwerfer direkt vor ihnen, das betäubende Dröhnen des Aufpralls. Und dann, noch entsetzlicher, die urplötzliche Stille.

Ein Riss ist durch den Himmel gegangen. Nirgendwo gibt es Halt. Er fällt und fällt. Ein Sturz ins Nichts. Ein nicht enden wollender Sturz.

Das erste Geräusch, das Rolf wahrnimmt, ein sanftes stetes Tropfen. Er kann es nicht zuordnen. Benzin, Kühlwasser, Blut?

Rolf erwacht in einem Albtraum. Sein Blick fällt auf Sybille, die er neben sich am Steuer weiß. Ein schmaler Streifen Blut läuft über ihre Stirn und in den noch immer offenen Blick hinein. Blut in den Haaren. Blut, das aus ihrem Leib sickert oder dem, was davon noch zu erkennen ist. Das Lenkrad hat sich tief in ihren Bauch gegraben. Ihre Beine sind in einem Knäuel aus Blech verschwunden.

Rolf will jetzt endlich aufwachen.

Er versucht sich zu bewegen, aber sein Körper gehorcht ihm nicht.

Sein Körper? Ein Gefäß ohne Boden, in dem nichts haften bleibt. Fassungslos, leer, taub.

Stimmen tauchen aus dem Dunkel auf, laute und hektische Gesichter, Blaulicht, Hände.

Nun müsste er doch endlich erwachen, sich bewegen und sprechen können.

Ohne etwas zu fühlen, steht er da und beobachtet, wie man sie aus den Trümmern zieht. Ein zerrissener Leib, unterhalb der Brust nur blutiges, matschiges Fleisch. Nur ihr Blick noch immer offen und fassungslos. Die Blutspur auf ihrer Stirn, fast getrocknet, verwischt kaum, als man die schwarze Plastikhülle über ihrem Kopf schließt.

Das Surren des Reißverschlusses.

Schließt für immer.

Nie wieder dieser Blick.

Auf immer und ewig dieser Blick.

Auf ihn gerichtet in seinen Träumen.

Jede Nacht.

Immer und immer wieder.

Rolf fuhr schweißnass in die Höhe. Sein Pyjama klebte am Körper. Frierend verließ er das Bett. Langsam tastete er sich durch die dunkle Wohnung voran bis ins Bad. Erst im grellen Neonlicht des Badezimmerschränkchens fühlte er sich wieder sicher. Die Fliesen unter seinen Füßen waren kühl und hart. Es tat gut, diese klare Grenze zu spüren. Er warf sich kaltes Wasser ins Gesicht und atmete erleichtert auf. Wartete, bis er sich wieder an sein Spiegelbild gewöhnt hatte, bis er wieder der Mann war, dem er ins Gesicht sah. Wach, lebendig, ruhig. Dann wartete er noch etwas ab, ließ den Wunsch, ins warme Bett zurückzukehren, anwachsen und gab ihm schließlich nach.

Der Albtraum war vorüber. In dieser Nacht würde er nicht wiederkehren.

Seit über einem Jahr quälten ihn die nächtlichen Bilder und hinderten ihn daran, in Ruhe um Sybille zu trauern. Bestrafte ihn sein Unterbewusstsein? Büßte er so für seine Schuld? Dafür, dass er lebte und sie tot war? Dafür, dass er ihren Tod noch immer nicht akzeptierte? Dafür, dass er sich noch immer nach ihr sehnte? Überhaupt war ihm völlig unklar, wie das gehen sollte, dieses Frieden schließen mit dem, was geschehen war.

Wie sollte er seinen Frieden machen mit einem Ereignis, das absolut kein Sinn ergab? Heißt Frieden machen nicht akzeptieren? Einverstanden sein? Wenn das der Preis für seinen inneren Frieden war, dann war er ihm zu hoch. Er hatte diese Sinnlosigkeit vor einem Jahr nicht akzeptiert, er akzeptierte sie noch immer nicht. Es würde keine Zeit kommen, in der er sich dazu herablassen würde.

Der Unfallbericht kam ihm wieder in den Sinn. Dieses völlig absurde Dokument, mit dem die italienische Polizei das Geschehen zusammenfasste, als könnten sauber zu Papier gebrachte Worte dem Ereignis nachträglich einen Sinn verpassen. Ein Lastwagen war an der Unfallstelle ins Schlingern geraten, hieß es darin. Für das entgegenkommende Fahrzeug ein unerwartetes Hindernis, das bei der vermutlich übermüdeten und ortsfremden Fahrerin eine schreckhafte Reaktion hervorgerufen hatte. Während der Lastwagen sich mühelos wieder gefangen hatte, war das Cabrio über die Straße hinausgeschossen und gegen einen Olivenbaum geprallt. Nur einem seltenen Zufall sei es zu verdanken, dass die Beifahrerseite fast unbeschädigt geblieben war, während die Fahrerseite zertrümmert wurde. Ein Wunder, dass der Beifahrer unverletzt aus dem Unfallgeschehen herausgekommen war. Der Tod der Fahrerin bedauerlicherweise unvermeidlich.

Als Rolf den Bericht las, geriet er außer sich. Nichts daran war unvermeidlich gewesen. Er hätte den Wagen steuern müssen. Es war unverzeihlich, schrecklich, unfassbar tragisch und sein Überleben ganz bestimmt kein verdammtes Wunder. Am liebsten hätte er dem italienischen Beamten den Bericht in die kaltschnäuzige Fresse geprügelt.

Seine verbalen Entgleisungen, die man auf der italienischen Behörde nur dem Tonfall nach verstand, hatte man glücklicherweise dem emotionalen Stress zugeschrieben, unter dem er stand. Sein Freund und Anwalt Jochen, eilig nach der Unfallnacht herbeigerufen, hatte ihm geraten, den Bericht zu unterzeichnen, was nötig war, um alle weiteren Formalitäten zu regeln. An der Sache war nichts zu rütteln. Sybille war tot und ihr verstümmelter Leichnam so gut wie auf dem Weg nach Deutschland zu ihren Eltern.

Ohne wirklich begriffen zu haben, was vor sich ging, hatte Rolf sich schließlich Jochens Autorität gefügt und sich kaum vierundzwanzig Stunden später zu Hause wiedergefunden, in der Wohnung, die er nur wenige Tage zuvor noch mit Sybille geteilt hatte.

Ihre gemeinsame Wohnung, der Mittelpunkt ihres Lebens. Als sie sich vor sieben Jahren auf einer Party begegnet waren, hatten sie sofort gewusst, dass sie zusammengehörten. Keine zwei Wochen später war sie bei ihm eingezogen.

Sybille und er waren wie zwei ruhige Flüsse, die zusammengeflossen waren, um gemeinsam einen großen Strom zu bilden. Eine Beziehung wie ein Naturgesetz, elementar und unaufhaltsam. Sybille war eine feste Größe in seinem Leben gewesen, so zuverlässig wie der morgendliche Sonnenaufgang oder der Lauf der Jahreszeiten.

Nichts hatte diesem Weltbild etwas anhaben können. Auch ihre einzige Krise nicht. Im Gegenteil.

Sybille hatte gerade ihr Studium beendet und war für einen Zeitvertrag nach München gegangen. Wie Tausend andere Paare begannen also auch sie, eine dieser aufreibenden Fernbeziehungen zu führen, bei denen man sich die rare gemeinsame Zeit am Wochenende damit verdarb, den fehlenden Alltag krampfhaft kompensieren zu wollen. Eine Weile hatten sie sich die Situation schöngeredet, hatten sich mit wachsendem Bemühen und schwindender Aufrichtigkeit versichert, wie wichtig die neu gewonnenen Freiräume für ihre Karrieren seien und wie problemlos sie mit der Situation zurechtkämen. Am Ende hatte Rolf nicht mehr gewusst, was ihn mehr zermürbte: Ihr vorzuspielen, wie wenig sie ihm unter der Woche fehlte, oder sich selbst.

Bis dahin hatte er immer verschmäht ›Ich liebe dich‹ zu sagen. Diese Formel war ihm wie eine billige Allzweckwaffe erschienen, derer man sich bediente, um Beziehungsrisse und Unebenheiten zu übertünchen, also zu kitten und zu glätten, ohne an die Ursachen zu gehen. Plötzlich hatte er jedoch genau diese Worte empfunden, stärker noch in Sybilles Ferne als in ihrer Nähe. Aber aus Furcht, seiner eigenen Sentimentalität zum Opfer zu fallen, hatte er nicht gewagt, sie auszusprechen, obwohl er gespürt hatte, wie wichtig sie zu diesem Zeitpunkt gewesen wären. Damals war ihm das erste Mal bewusst geworden, wie sehr sie dabei waren auseinanderzudriften.

An einem Freitagabend hatte Sybille dann die Botschaft mitgebracht, dass ihr eine Professur in London angeboten wurde. Sofort hatten sie begonnen, waghalsige Szenarien zu entwerfen, wie sie ihr zukünftiges Leben gestalten würden. Ein verkrampftes Unterfangen, welches am Sonntagabend plötzlich in der Einsicht gemündet war, in Wahrheit nicht ihr Zusammenleben zu organisieren, sondern eine Trennung auf Raten vorzubereiten. Auf einen Schlag war die jahrelang überstrapazierte Selbsttäuschung wie ein riesiger Ballon geplatzt.

Der angestaute Frust war groß gewesen und schließlich war er in einem heftigen Wortgefecht eskaliert, der nur dadurch unterbrochen wurde, dass Sybille aufgesprungen war, um ihren Sonntags-Intercity nach München zu erwischen.

Im Streit waren sie auseinandergegangen. Nie zuvor war ihnen so etwas passiert. Die darauffolgenden Tage waren Rolf unerträglich erschienen. Unaufhaltsam war in ihm die Vorstellung gereift, Sybille verlieren zu können, ja sie vielleicht bereits verloren zu haben.

Doch schließlich hatte ihm seine Angst die Augen geöffnet. Auf einmal war ihm klar geworden, was er zu tun hatte. Nichts und niemand war ihm je wichtiger gewesen als Sybille. Seine bisherigen Bedenken waren ihm plötzlich völlig lächerlich erschienen. Er würde sie einfach begleiten, notfalls auch nach London. Dies zu denken und entsprechend zu handeln, war eins gewesen. Nie zuvor war ihm eine Entscheidung so einfach und natürlich erschienen.

Rolf erinnerte sich noch genau. Es war am Donnerstagabend nach ihrem Streit gewesen. Er hatte erfreut festgestellt, dass er mit etwas Glück und Eile den letzten Intercity nach München noch würde erreichen können. Was er Sybille zu sagen hatte, hatte zu schwer für ein Telefonat gewogen. Er war sich der Dramatik eines spätnächtlichen Auftritts in ihrem Einzimmer-Appartement absolut bewusst gewesen, hielt einen solchen Effekt aber für völlig angemessen. Er hatte sich vorgenommen, ihr noch in dieser Nacht einen Antrag zu machen.

Als er gerade zum Telefon gegriffen hatte, um sich ein Taxi zu bestellen, hörte er das Drehen des Wohnungsschlüssels an der Tür. Müde und abgekämpft und auch ein wenig verlegen hatte Sybille vor ihm gestanden. Nie würde er diesen Moment vergessen, den er fortan zu den kostbarsten seines Lebens zählte.

»Ich wollte dich nicht anrufen. Aber bis Freitag warten wollte ich auch nicht«, hatte sie gesagt. »Wenn London für dich nicht akzeptabel ist, dann lassen wir es eben.«

Wie zwei Überlebende waren sie einander in die Arme gestürzt. Überglücklich hatten sie sich festgehalten. Zwei, die sich gegenseitig gerade noch gerettet hatten. Später, als sie längst zu Bett gegangen waren, hatte sich Sybille ganz dicht an ihn geschmiegt, um ihm ins Ohr zu flüstern: »Ich wünsche mir, dass unser Kind hier groß wird.«

Wie einen tiefen Stich direkt ins Herz hatte Rolf das Glück in diesem Moment empfunden. Ein heftiger Schmerz, dem er völlig schutzlos ausgeliefert war. So fest er konnte, hatte er Sybille in seine Arme gezogen, um sie zu halten und nie wieder loszulassen.

Ihr den Antrag zu machen, war nun nicht mehr nötig gewesen. Die Reise nach Italien wurde zu ihrer vorgezogenen Hochzeitsreise. Noch nie zuvor war er dem Himmel so nah gekommen. Nie mehr wieder würde er es.

2

Es gab viele trostlose Flecken in Frankfurt, aber dieser war einer der trostlosesten. Vor einigen Jahren von gelangweilten Städteplanern aufs Papier geworfen, kurz darauf auf den Mittelstreifen einer mehrspurigen Allee gepflanzt, war die Grünanlage ein Paradebeispiel dafür, welche Hässlichkeit menschliche Gleichgültigkeit produzieren konnte.

Kurz vor Sonnenaufgang erreichte die Trostlosigkeit dieses Ortes ihren Höhepunkt. Das Morgengrauen entzog der Grünfläche den letzten Rest an Farbe. Alle Spuren der Verwahrlosung, die die Straßenbeleuchtung eben noch überglänzt hatte, traten nun zu Tage: Das vor Dreck und Hundekot starrende Rasenstück, die verknöcherten Bäume, die ihre Stümpfe in den Himmel reckten, und die durch die Autoabgase ergraute Hecke, in der sich Plastiktüten verfangen hatten. Der einzige Mülleimer hatte keinen Boden mehr. Die Sitzbank aus Stahlrohr stand verwaist am Rand verwitternder Gehwegplatten. Selbst den Junkies und Obdachlosen der Stadt bot dieser vom Leben vergessene Flecken nichts, das sie anzog.

Doch dann ging die Sonne auf.

Rosig ergoss sich das Licht über die Erde und tauchte alles in zartes Pastell. Die schroffen Konturen des Astwerks verwandelten sich in einen filigranen Scherenschnitt. Das Grün der Blätter erglühte. Der Schmutz auf der Bank erschien als Patina, die der Raststatt eine rührende Vergänglichkeit verlieh. Eine Amsel sang ihr Lied.

Der hässliche Fleck wurde zur Oase, zu einem Ort der Hoffnung, zu einer Idylle mitten im urbanen Dickicht.

Das Ganze geschah innerhalb weniger Sekunden. Kaum länger, als ein Atemzug dauert. Unbemerkt, so wie meistens, wenn ein Wunder passiert. Denn ein Wunder war es, weil etwas völlig Neues begann.

Der Platz auf der Bank war nun nicht mehr leer. Ein Mädchen schlief darauf. Eher eine junge Frau, die soeben erwachte. Sie trug nur ein helles Kleid, das ihr kaum bis zu den Knien reichte. Wie ein Kind rollte sie sich noch einmal zusammen, um sich schützend in sich selbst zurückzuziehen, in den Traum, der soeben noch ihre Welt gewesen war. Zögernd setzte sie sich auf und sah sich um.

Das Unkraut, das zwischen den verwitterten Gehwegplatten spross, erzitterte leicht. Oder waren es ihre Füße, die sie unsicher auf den grauen Beton setzte? Klamm stand die Morgenkühle zwischen den borstigen Sträuchern und Bäumen. Das graue Stahlrohr unter ihr war kalt. Es fröstelte sie.

Behutsam erhob sie sich und lenkte ihre Schritte in Richtung Straße. Der erwachende Berufsverkehr floss an ihr vorbei.

Kreuz und quer begann sie, die Stadt zu erkunden, beobachtete, hörte, schaute und staunte. Alles war neu. Alles war fremd. Mit jedem weiteren Schritt wuchs ihre Neugier.

Wer waren all diese Menschen? Woher kamen sie? Wohin gingen sie? Was war ihr Ziel?

Die Welt um sie herum war unfassbar groß. Eine Fülle, die ihre Sinne überflutete. Die sie berauschte. So viel auf einmal. Was war Antwort? Was war Frage? Was war was? Die Frau geriet leicht ins Taumeln.

Da drängte sich etwas in ihr Bewusstsein, das klarer war als alle anderen Eindrücke. Erst leise und dann immer fordernder. Wie an einem Seil klammerte sie sich daran fest. Es lenkte sie in sich selbst hinein. Es stach und biss. Ein Schmerz in ihrer Mitte. Auch ihr restlicher Körper machte sich bemerkbar. Ihre Beine waren schwer, die Füße wund. Doch der Schmerz in ihrer Mitte überlagerte alle anderen Empfindungen.

In einer Fußgängerzone blieb sie stehen. Aus der geöffneten Ladeklappe eines Lieferwagens wehte ihr ein köstlicher Duft entgegen. Warm und lebendig hüllte er sie ein. Kiste um Kiste trug ein Mann ofenfrische Ware in einen Laden, während sie nur dastand und roch.

Der Schmerz brandete erneut in ihr auf. Wie ein Messer fuhr er ihr in die Eingeweide, sodass sie sich hilflos gegen die nächste Hauswand stützen musste.

Der Lieferant wandte sich erschrocken um. Er fühlte sich beobachtet. Hinter ihm stand eine junge Frau und starrte in seine Richtung. Ihr seltsames Verhalten weckte sein Misstrauen. Ein grobes Wort lag ihm auf der Zunge. Er hasste es, angebettelt zu werden. Wütend taxierte er sie, bereit, sie fortzujagen.

Da traf ihn ihr Blick und er erschrak erneut. Doch diesmal war es anders. Etwas Tröstendes ging von der Fremden aus. Ihr Gesicht erinnerte ihn an seine Schwester. Die gleichen grünen Augen. Das gleiche braune Haar, das offen über ihren schmalen Schultern lag. Sie hatte sogar die gleichen verspielten Sommersprossen über Nase und Oberlippe.

Natürlich war die Fremde nicht seine Schwester, das konnte ja auch gar nicht sein, denn seine Schwester war schon seit vielen Jahren tot. Gestorben, als sie fast noch ein Kind war. Und wenn man genauer hinsah, dann bemerkte man auch, dass die Haare dieser jungen Frau heller waren, die Augen etwas weniger grün, die Sommersprossen nicht so zahlreich. Aber nun war es zu spät. Seine Zuneigung war erwacht, die Besorgnis um ihr Wohlergehen konnte er nicht mehr rückgängig machen.

Er musterte das dünne Sommerkleid und die nackten Füße auf dem Straßenpflaster und schüttelte sogleich seinen Kopf. Wie eine Obdachlose sah sie nicht aus, dachte er erleichtert. Eher wie jemand, der eine durchfeierte Nacht hinter sich hatte und auf dem Weg in sein Bett war. Sicher hatte sie ihre Schuhe nur ausgezogen, weil sie sie beim Tanzen gestört hatten und sie dann vergessen. Allerdings trug sie auch keine Handtasche bei sich. Erneut schüttelte er den Kopf über so viel jugendlichen Leichtsinn. Das ersehnte Frühstück würde sie sich so nicht kaufen können.

»Hunger?«, fragte er.

Sie nickte.

»Geht aufs Haus«, sagte er und reichte ihr ein Brötchen.

Zaghaft nahm sie sein Geschenk entgegen, betrachtete es von allen Seiten, atmete tief den Duft ein und schlug ihre Zähne in die knusprige Kruste. Der Mann verfolgte, mit welcher Lust sie abbiss und wie die goldene Hülle zwischen ihren Zähnen splitterte.

In Sekundenschnelle hatte sie alles verschlungen, wischte sich zufrieden die letzten Krümel vom Stoff ihres Kleides und strahlte ihn an.

»Danke«, sagte sie und noch ehe er etwas erwidern konnte, war sie bereits weitergegangen.

Wie auf einem langsamen Fluss trieb sie voran. Schaute und staunte. Die Zeit zerrann. Immer besser gelang es ihr, sich die Dinge einzuteilen. Nicht ihr Schauen sollte sie lenken, sondern sie ihr Schauen. Vorausschauen. Planen. Der Hunger hatte sie eine wichtige Lektion gelehrt. Sie besaß einen Körper, dessen Bedürfnisse sie nicht übergehen konnte. Es galt nicht nur, die vielen offenen Fragen zu stillen, sondern auch einen vernünftigen Weg zu finden, um zu überleben.

Die Passanten, deren Weg sie kreuzte, schenkten ihr kaum Beachtung. In einer so großen Stadt wie dieser fiel der Anblick verlorener Seelen nicht weiter auf. Neugier und Anteilnahme waren die Ausnahme. Wie blind rannten die Leute an ihr vorbei zum Bus und zur Bahn. Die Gedanken fest verhaftet mit dem Unsichtbaren. Vielleicht wurden auch sie vom Schmerz gedrängt. Oder vielleicht durch etwas Wichtiges gelenkt? Vielleicht fehlten ihnen aber so wie ihr auch die Antworten auf die vielen Fragen, die das Gesehene aufwarf?

Schließlich mündete ihr erster Tag in den Abend.

Auf einer Brücke hinter dem Bahnhof sah sie hinunter auf die Schienen, ein verwirrendes Netz aus Gleisen und Weichen. So viele Wege, dachte sie. Ein wenig ratlos nahm sie auf den glatten Stufen einer Treppe Platz und streckte erschöpft die Beine von sich.

›Ich werde Schuhe brauchen‹, dachte sie und merkte dabei nicht, wie sie diese Worte tatsächlich vor sich hin flüsterte.

»Du siehst so aus, als seien Schuhe dein geringstes Problem.«

Die Stimme, die ihre Einsamkeit unterbrach, war rau. Aus dem Schatten eines Mauervorsprungs tauchte eine graue Gestalt auf, das Gesicht halb verborgen hinter einer Sonnenbrille. Die Sonnenbebrillte, eine Frau mittleren Alters, kam näher.

»Hat man denn nirgends mehr seine Ruhe?«, schimpfte sie und nahm ihre schwarzen Gläser vom Gesicht, um der jungen Frau einen wütenden Blick zuzuwerfen.

»Guck nicht so blöd!«, fuhr sie verärgert fort. »Das ist ganz alleine meine Sache, was ich hier mache. Und wenn ich springen will, dann springe ich halt.«

Sie stützte sie sich erschöpft auf das Brückengeländer.

»So geht das nicht«, murmelte sie. »Ich muss allein sein. So geht das einfach nicht.« Sie weinte.

Das Mädchen zu ihren Füßen schwieg.

»Hau endlich ab!« Erneut machte sie einen Schritt in Richtung der ungebetenen Zuschauerin, die nur dasaß und sie ansah. Voller Wut beugte sie sich über das junge Gesicht und erstarrte. Es war wie der Blick in einen Spiegel.

Dieses unschuldige Gesicht wiederzuerkennen, war ein Schock. Die braunen Augen, die schmale, etwas zu lange Nase, das blonde Haar, die ungleichmäßig geröteten Wangen.

Fassungslos taumelte sie zurück.

Natürlich war das Mädchen da zu ihren Füßen nicht sie selbst. Wie sollte das auch gehen? Und wenn man genauer hinsah, dann bemerkte man auch, dass die Augen nicht wirklich braun waren, die Nase kürzer war und das Haar dunkler. Aber nun war es zu spät. Wer immer auch diese Fremde sein mochte, nichts änderte sich daran, dass sie gerade eben sich selbst erblickt hatte, so wie sie früher einmal gewesen war. Eine Ausreißerin auf der Straße.

Konnte es einen solchen Zufall überhaupt geben? An Wunder glaubte sie schon lange nicht mehr. Aber ein bisschen wie ein Wunder war diese Begegnung, ausgerechnet jetzt, in diesem Moment. Und mehr noch. Ein Ausweg. Ihr Selbstmitleid verwandelte sich in Mitleid für das fremde Mädchen. Plötzlich war da ein Sinn, nach dem sie greifen konnte. Denn die junge Frau im hellen Kleid schwebte in Gefahr. Niemand wusste besser als sie, wie schnell man aus der Verzweiflung heraus in der Kriminalität, in der Prostitution und am Ende in einem ruinierten Leben stranden konnte. Niemand wusste das besser als sie und darum konnte auch niemand besser helfen.

»Haste dich verlaufen?« Ihre Worte klangen fast wie ein Vorwurf. Im Freundlichsein war sie völlig aus der Übung. Selbstlose Freundlichkeit war keine Währung, mit der man in ihrer Welt zahlen konnte. Um ihre gute Absicht zu betonen, versuchte sie sich an einem Lächeln.

Plötzlich fühlte sie sich nackt. Der Blick des fremden Mädchens durchdrang sie schonungslos. Doch sie hielt mit aller Kraft stand. Nun war sie sich sicher. Sie würde die Kleine retten. Das war sie sich selbst schuldig.

»Hab keine Angst.« Behutsam beugte sie sich der Ausreißerin entgegen. »Du kannst mit mir kommen. Dich ausruhen. Was essen.« Mit einer leichten Kopfdrehung deutete sie in Richtung Stadt.

»Übrigens, ich bin Maria«, sagte sie und hatte auf einmal das Gefühl, der Fremden mit ihrem Namen ihr Leben zu Füßen zu legen. So wie man einem Kind die Hand entgegenstreckt, hielt sie der Fremden die Hand entgegen. Ohne zu zögern, griff die Ausreißerin zu.

»Und wie heißt du?«, fragte Maria, während sie durch eine schmale Gasse liefen.

Es überraschte sie nicht, dass die Fremde schwieg. »Du musst es mir nicht sagen. Ist schon okay.«

Nur wenige Straßen weiter erreichten sie ein dichtbebautes Wohnviertel. Graffitibesprühte Hauswände, aber auch Blumenkästen an den Fenstern. Sie betraten ein Mehrfamilienhaus. Vor dem Gebäude befand sich ein Spielplatz. Ein Rosenbeet zierte den Eingangsbereich.

Marias Wohnung wirkte wie ein gut gehütetes Geheimnis. Sie war winzig, aber sehr gepflegt. Ein Ort, an dem man sich sofort geborgen fühlte.

In der Küche setzte Maria Wasser auf und deckte den Tisch.

»Setz dich«, bat sie ihren Gast. »Ich weiß ja nicht, was du so magst.«

Eine tiefe Zufriedenheit erfüllte sie – das fast vergessene Glück, etwas uneigennützig Gutes zu tun. Nachdem sie gegessen hatten, führte sie die Fremde in ihr Schlafzimmer zum Kleiderschrank.

Schnell fand sich ein passendes Outfit. Eine Jeans, ein T-Shirt, eine Strickjacke und ein paar flache Schuhe.

Noch immer hatte die junge Frau kaum gesprochen, hatte außer ›danke‹ so gut wie kein Wort hervorgebracht. Dafür sprach Maria umso mehr. Schon lange hatte ihr keiner mehr richtig zugehört. Und Zuhören, das konnte diese Fremde. In ihren Augen lag etwas, das ihr nahezu grenzenlos Trost schenkte.

Inzwischen war es Nacht geworden und Maria deutete auf die Couch. »Du kannst hier übernachten«, sagte sie und bereitete ihrem Gast mit einem Kissen und einer Decke ein Bett.

»Ich war auch mal in so einer Situation wie du. Wäre froh gewesen, wenn mir jemand geholfen hätte.« Seufzend nahm Maria neben dem fremden Mädchen Platz. »Ich bin von zu Hause weg, weil ich mit dem neuen Freund meiner Mutter nicht klarkam.«

Plötzlich war alles wieder da. Die Wut, die Angst, die Verzweiflung, die Scham. Ihre Hände zitterten, Tränen schossen ihr in die Augen. Maria nahm ihre ganze Kraft zusammen. Es war ein Kampf gegen sich selbst. Ein letztes Aufbäumen gegen die Flut lang angestauter Erinnerungen, aufgewühlt durch den Anblick der Fremden. Ein Wirbel in ihrem Innern, ein Tosen, ein Sturm. So sehr sie sich auch wehrte, jetzt brach der Damm.

»Ich war vierzehn, als er mich das erste Mal angefasst hat.«

Abwartend, fast unbeteiligt, sah die Fremde sie an. Ihre Zurückhaltung verlieh Maria Sicherheit. Vor ihr musste sie sich nicht beherrschen und so sank sie schluchzend in sich zusammen. Minutenlang heulte sie hemmungslos, den Kopf im Schoß der Fremden, die ihr mit mechanischen Gesten übers Haar strich. Zwischen ihr und ihrem Gast war nichts, das sie trennte. Marias Vertrauen war grenzenlos. Wie von alleine flossen ihr die Worte von den Lippen.

»Meine Eltern haben sich früh scheiden lassen. Meinen Vater kenne ich gar nicht. Viele Jahre haben meine Mutter und ich alleine gelebt. Doch dann tauchte dieser neue Kerl in Mamas Leben auf. Ich konnte ihn von Anfang an nicht ausstehen. Ständig hat er sich eingemischt. Hat geglaubt, er könne mir Vorschriften machen. Okay, vielleicht habe ich es meiner Mutter nicht immer leicht gemacht. In der Schule lief es nicht so rund. Ich hatte auch ein paar schräge Freunde. Aber ist das nicht normal, wenn man dreizehn ist? Irgendwann fiel mir auf, dass er immer dann besonders streng zu mir wurde, wenn Mama in der Nähe war. So als wolle er sich ihr gegenüber stark zeigen. Doch sobald ich mit ihm alleine war, wurde er ganz sanft und nachsichtig. Und irgendwann rückte er mir dabei sogar richtig auf die Pelle. Anfangs hielt ich das für Zufall. Aber mit der Zeit gab es keine Zweifel mehr. Der Typ baggerte mich an, sobald meine Mutter nicht in der Nähe war.«

Maria richtete sich auf und schnaubte empört auf. Dann warf sie ihre Haare in den Nacken und wurde wieder zu dem aufbegehrenden Mädchen von damals.

»Schließlich nahm ich allen Mut zusammen und erzählte meiner Mutter davon. Aber die flippte völlig aus. Sie hielt meine Geschichte für eine Lüge, einen pubertären Trick, um ihren Freund zu vergraulen. Von da an wurde alles nur noch schlimmer. Zwischen meiner Mutter und mir herrschte Eiszeit. Zwar hatte ich das Gefühl, dass sie uns ab und an beobachtete, aber ihr Macker war nicht so dumm gewesen, sich mir zu nähern, solange sie in der Nähe war. Also hielt sie ihn weiter für unschuldig. Dafür hatte sie jetzt ständig etwas an mir auszusetzen. Nichts konnte ich ihr mehr recht machen. Und dieser Kerl war clever genug, das für sich auszunutzen. Wenn Mama mal besonders in Fahrt kam und mit mir schimpfte, dann sprang er auf einmal für mich ein. Tat so, als wäre er der verständnisvolle Erwachsene. Ein, zwei Mal haben sie sich sogar wegen mir gezofft. Das führte dazu, dass meine Mutter noch wütender auf mich wurde. Für sie war klar, dass ich versuchte, einen Keil zwischen ihr und ihn zu treiben. Ich war völlig allein. Mama wollte mir einfach nicht glauben. Was hätte ich denn tun sollen?«

Maria zögerte kurz, straffte ihren Rücken und fuhr fort:

»Ich konnte doch nicht zulassen, dass er alles kaputt macht. Ich hatte doch nur noch meine Mutter. Sie war meine Familie. Und er war dabei, sie mir wegzunehmen. Dagegen musste ich etwas tun. Um ihn zu entlarven, wollte ich ihn vor ihren Augen bloßstellen. Wenn sie sah, wie weit er ging, dachte ich, dann würde sie endlich begreifen, was für ein Mistkerl er war.

Ich beschloss, mein Vorhaben an einem Freitag umzusetzen. Denn jeden Freitag war Mama beim Chor. Ihr einziges echtes Hobby. Solange ich denken kann, ging sie zu diesen Treffen, um zu singen. Sogar als ich noch ganz klein war und wir alleine lebten, hielt sie daran fest. Anfangs bat sie noch eine Nachbarin, auf mich aufzupassen. Später, als ich groß genug war, blieb ich eben allein. Pünktlich um acht verschwand sie und kam stets um elf zurück.

Als ihr Freund bei uns einzog, war er natürlich nicht so begeistert davon, jeden Freitagabend allein dazusitzen. Doch Mama ignorierte seine Nörgelei. Der Chor war ihr heilig, und das sagte sie ihm auch. Nichts konnte sie davon abhalten, sich im Gemeindehaus mit anderen Frauen zu treffen, um dort alte Schlager und Gospels zu trällern. Diese drei Stunden am Freitag gehörten ganz allein ihr. Für mich bedeutete dies, dass ich mich an den Freitagabenden in meinem Zimmer verkroch, um ihm nicht über den Weg zu laufen.

Mein Plan sah vor, dass ich ihn dazu bringen wollte, mich vor den Augen meiner Mutter zu begrabschen. Das würde ihr sicher die Augen öffnen.

Anfangs lief alles so, wie ich es mir ausgemalt hatte. Mama ging pünktlich los, der Idiot hockte sich ins Wohnzimmer vor seinen Laptop. Ich wartete bis kurz nach zehn in meinem Zimmer, dann schritt ich zur Tat. In der Küche holte ich Bier aus dem Kühlschrank und nahm, um mir Mut einzuflößen, ein paar tiefe Züge.

Alkohol war ich damals noch nicht gewohnt. Das Bier stieg mir sofort in den Kopf. Ich fühlte mich leicht und mutig. Mit der angebrochenen Flasche in der einen und einer neuen Flasche in der anderen Hand ging ich ins Wohnzimmer.«

Noch einmal unterbrach Maria ihre Worte und holte tief Luft, um auch die letzte Hürde zu nehmen. Nun gab es kein Zurück mehr, sich daran zu erinnern und davon zu erzählen war eins. Widerstandslos flossen ihr die Worte aus dem Mund. Die Erinnerung war so lebendig geworden, dass sie sich von nun an ganz allein vorwärts bewegte. Unaufhaltsam. Wie ein Film lief alles vor ihrem inneren Auge ab:

»Zehn Uhr zwanzig.

Er saß auf der Couch und spielte Computer. ›Was machst du?‹, fragte ich. Und: ›Willst du es mir zeigen?‹

Sofort rückte er zur Seite, um mich besser sehen zu lassen. Er klickte im Bild herum und faselte was von Punkten und Highscore. Ich nickte, obwohl ich vor Aufregung kein Wort verstand. Mein Herz schlug so laut, ich hörte kaum etwas anderes.

Ich gab ihm die volle Flasche und betete darum, er würde mich nicht durchschauen und wegschicken. Doch er schüttelte nur kurz sein ungläubiges Gesicht und musterte mich grinsend. Sein Blick klebte auf mir, es war eklig. Die Zeiger auf der Wohnzimmeruhr riefen mir Mut zu.

Zehn Uhr fünfundzwanzig.

Noch fünfunddreißig Minuten. Solange musste ich noch durchhalten.

›Darf ich mich zu dir setzen?‹, fragte ich. Ich spürte, wie ich rot wurde, und hoffte, er würde es nicht merken.

Kaum saß ich neben ihm, ging es los.

›Du bist eine schöne Frau‹, sagte er und hauchte dabei gegen meinen Hals. Seine Finger folgten dem biergetränkten Atem und wanderten von meinen Schultern die Arme hinunter.

Inzwischen war ich völlig erstarrt. Ich versuchte zu lächeln, damit er nicht misstrauisch wurde. Ich trank einen tiefen Schluck aus der Flasche und gab mich lässig. Die Zeiger auf der Uhr bewegten sich kaum. Zehn Uhr dreißig.

›Du bist so schön‹, wiederholte er. ›So schön.‹ Inzwischen lag seine Hand auf meinem Oberschenkel. Er rückte immer näher. Schnell hob ich die Flasche an den Mund und trank. Ein kläglicher Versuch, irgendetwas zwischen mich und ihn zu bringen. Eine Ablenkung, eine Geste, eine weitere Verzögerung.

Zehn Uhr zweiunddreißig.

Noch achtundzwanzig Minuten, dachte ich und ertappte mich das erste Mal bei dem Gedanken, ich könnte die Situation vielleicht doch nicht wirklich unter Kontrolle haben. Aber mein Kopf war leer, mir fehlten weitere Ideen, um Zeit zu schinden.

›Warum so schüchtern?‹, sagte er. Seine widerlichen Hände waren nun überall, sie nestelten an meiner Kleidung herum, sie suchten nach einem Weg, um den Stoff loszuwerden. Wie gelähmt saß ich da. Alles, woran ich dachte, war: Nur nicht weglaufen. Durchhalten.

Zehn Uhr vierzig.

Als seine Hand meine Brust berührte, hielt ich es nicht länger aus. Ich sprang auf. Ein Reflex. Aber auch ein Rückzug.

›Nein‹, rief ich. Nein zu ihm, nein zu mir, zu meinem Plan, der gescheitert war. Längst gescheitert. Es war zu spät. Nein! Ich hatte keine Chance.

Seine Hände waren wie Schraubstöcke. Er hielt mich fest und zwang mich zurück auf die Couch. Er drückte mich so tief in das weiche Polster, so tief, dass ich kaum Luft bekam.

Ich wollte wissen, wie spät es war. Aber die Uhr war außer Sicht geraten. Jeder meiner Versuche, mich nach oben zu kämpfen, spornte ihn an, noch schneller zu werden. Nichts passte mehr zusammen. Die Zeit war zum Stillstand gekommen, jede Sekunde eine Ewigkeit, während das Unsagbare immer schneller, hastiger, gieriger über mich hereinbrach.

Es hätte doch nun endlich soweit sein müssen, dass meine Mutter nach Hause kam. Jeden Moment hätte das Geräusch der Wohnungstür zu hören sein sollen.

›Wenn du willst, hole ich uns noch ein Bier‹, bettelte ich. Mein letzter Versuch zu entkommen. Er durchschaute ihn sofort.

›Halt endlich dein Maul‹, zischte er und schlug mir ins Gesicht.

Ich war so schockiert, dass ich noch nicht einmal den Schmerz spürte.

Und dann ging alles ganz schnell. Ein Ruck und er riss mir die Hose von den Beinen. Ein Ruck, der Moment, in dem er in mich drang. Ein Ruck, mit dem er mich von sich warf wie eine Sache, die er nicht mehr brauchte.

In dem Maße, in dem ich wieder zu mir kam, verwandelte sich mein Körper in Schmerz. Ich sah, wie er sich die Hose wieder anzog, als sei nichts passiert. So beiläufig, als käme er gerade von der Toilette.

›Zieh dich an, Schlampe.‹ Er grinste mich an. In Zeitlupe raffte ich mich auf. Endlich fiel mein Blick auf die Uhr an der Wand.

Elf Uhr zwanzig.

›Oh, wartet die Kleine auf ihre Mama?‹, spottete er und beugte sich noch einmal über mich. ›Hast wohl nicht gewusst, dass sie heute später heimkommt? Geburtstagsfeier. Wolltest mich also reinlegen? Aber dir hab ich's gezeigt.‹ Lachend verließ er den Raum und ich blieb allein zurück.«

Endlich hatte Maria alles erzählt. Nun durfte sie wieder schweigen. Erleichtert schweigen. Eine Schweigeminute für ihre verlorene Kindheit.

Als sie wieder zu sprechen begann, hatte sie sich gefasst. »Ich habe mich so sehr geschämt. Ich dachte, das alles sei meine Schuld. Wenn ich nicht so dumm gewesen wäre, wäre an diesem Abend nichts passiert.«

Sie seufzte und stand auf.

»Noch nie habe ich mit jemandem darüber gesprochen. Immer habe ich geschwiegen. Ich traute mich nicht, meiner Mutter etwas zu sagen, und tat so, als wäre alles wie immer. Doch dabei fühlte ich mich noch schuldiger. Wie eine Lügnerin kam ich mir vor.

Die Stimmung zu Hause wurde immer schlechter. Mutter merkte, dass etwas nicht stimmte, und schimpfte nun noch mehr mit mir. Und ihren Kerl, den konnte ich einfach keine Sekunde länger in meiner Nähe ertragen. Also bin ich abgehauen. Hab mich irgendwie durchgeschlagen. Hab einiges gemacht, auf das ich nicht sehr stolz bin.«

Maria lächelte.

»Weißt du, wie schwer es ist, sich selbst zu verzeihen? Jetzt begreife ich, dass mir etwas passiert ist, wofür ich nichts kann. Vielen Menschen passieren schlimme Dinge. Ich bin absolut nicht allein. Aber man kann damit leben. Der erste Schritt ist, zu akzeptieren, dass das passiert ist, was passiert ist. Eine Wunde heilt nicht, indem man sie ignoriert. Es ist okay, wenn man Hilfe annimmt. Es ist wichtig, seinen Schmerz mitzuteilen. Schweigen ist wie Weglaufen und Weglaufen bringt nichts. Du kannst nicht vor dir selbst weglaufen oder vor dem, was dir passiert ist. Alles, was dir passiert ist, ist von da an ein Teil von dir.«

Maria nickte ihrer Zuhörerin zufrieden zu.

»Wir sollten uns jetzt gute Nacht sagen. Morgen sehen wir weiter. Und natürlich kannst du vorerst hierbleiben.« Sie klopfte auf die Sitzfläche. »Die Couch ist sehr bequem. Du wirst schon sehen.«

Sie wandte sich zur Tür, drehte sich dann aber noch einmal um.

»Wie soll ich dich nennen? Magst du mir nicht doch deinen Namen verraten?«

»Ja schon, aber ...« Die junge Frau sah ratlos zu ihr auf. »Ich weiß ihn nicht.«

»Du weißt deinen Namen nicht mehr?« Nur mühsam konnte Maria ihr Entsetzen zügeln.

»Ich weiß ihn einfach nicht«, erklärte die Fremde völlig ruhig.

»Ach Gott, Kind.« Maria nahm wieder neben ihrem Gast Platz. Am liebsten hätte sie die Besucherin umarmt, doch sie hielt sich zurück. »Da lasse ich meinen ganzen Ballast bei dir ab und du, du hast deinen eigenen Kummer.«

»Kummer? Ich bin nicht traurig.«

»Du bist so tapfer, Schätzchen.« Aufmunternd tätschelte Maria ihre Hand. »Alles wird gut. Du wirst schon sehen. Wir finden eine Lösung.« Das ›Wir‹ machte Maria plötzlich stark.

»Angelica«, sagte sie einer plötzlichen Eingebung folgend. »Diesen Namen mochte ich schon immer. Wenn ich dich vorerst so nennen würde, wäre das okay für dich?«

»Angelica.« Die Fremde zögerte erst, dann wiederholte sie den Namen Silbe um Silbe. Der weiche Klang schmiegte sich um sie wie der zarte Stoff eines neuen Kleides. »Angelica«, wiederholte sie, strahlte und nickte.

»Na dann, ist ja alles gut.« Nun erhob Maria sich endgültig, schüttelte ihrem Gast noch einmal die Kissen auf und strich das Laken glatt.

»Gute Nacht, Angelica.«

3

Maria fühlte sich wie neu geboren. Für jemanden verantwortlich zu sein, jemanden bei sich zu haben, der ihr zuhörte und sie respektierte, jemandem Zuneigung zu schenken, all das brachte sie Schritt für Schritt ins Leben zurück. Zwar war Angelica kein Kind mehr, aber in ihrer abwartenden Haltung lag etwas, das Maria anspornte, sie mit der Welt vertraut zu machen.

Noch nie hatte ihr eine andere Person mit solcher Intensität zugehört wie Angelica. Alles, was Maria ihr erzählte, saugte Angelica auf, als höre sie es zum ersten Mal. Sie war wie ein Schwamm, der keinen einzigen ihr einmal gegebenen Tropfen verlor.

Natürlich wunderte sich Maria mehr als einmal über Angelicas Unwissenheit. Im Stillen fragte sie sich, was dem armen Mädchen zugestoßen war, was sie so aus der Bahn geworfen hatte. Angelicas Hilflosigkeit weckte Marias Stärke. Gebraucht zu werden, verlieh ihrem Leben wieder Sinn.

So baute sie ihrem Gast einen neuen Alltag auf. Zeigte ihr, wie man sich etwas zu essen kochte, wo und was man einkaufte und wie man Wäsche wusch. Sie kleidete Angelica ein und verwöhnte sie mit ihren Lieblingsrezepten.

Angelica lernte schnell. Nach nur wenigen Tagen ging sie ihrer Gastgeberin bereits in allen Dingen geschickt zur Hand und in Marias Eifer mischte sich mütterlicher Stolz. Obwohl sie und Angelica auf engem Raum zusammenlebten, kam es Maria so vor, als wäre ihre kleine Wohnung heller und auch größer geworden. Und obwohl die Tage auf einmal im Fluge vergingen, waren sie ereignisreicher und voller denn je.

Abends überließ es Maria dem Fernseher, Angelica die Welt zu erklären. Während sie strickend auf der Couch neben ihrem Gast entspannte und das TV-Programm wie ein plätschernder Bach an ihnen vorüber rauschte, beobachtete sie amüsiert, mit welcher Faszination die junge Frau den bunten Bildern folgte. Als eines Abends eine Quizshow angekündigt wurde, mischte sie sich ein.

»Pass mal auf, hier kannst du jede Menge bei lernen.« Eifrig griff sie zur Fernbedienung und erhöhte die Lautstärke.

Moderator und Kandidat saßen sich im Kreuzverhör auf hohen Stühlen gegenüber, der eine akkurat im Anzug und allwissend lächelnd, der andere leger in Jeans und Shirt, seine Nervosität nur ungeschickt kaschierend. Soeben hatte er sich für das Themengebiet Geografie entschieden und der TV-Profi begann sofort, Fragen auf ihn abzufeuern. Dem Kandidaten blieben nur wenige Sekunden für jede Antwort. Jede richtige Antwort beförderte ihn auf eine höhere Gewinnstufe, jedes Versagen warf ihn gnadenlos zurück. Ein schnelles Wort-Ping-Pong aus Hauptstädten und Ländernamen.

»Frankreich?«

»Paris.«

»Ungarn?«

»Budapest.«

»Norwegen?«

»Oslo.«

Auch Maria riet mit, erfreut über jede Antwort, die sie schneller abgeben konnte als der sichtlich durch Lampenfieber gepeinigte Kandidat.

»Rumänien?«

»Bukarest.«

»Spanien?«

»Madrid.«

»Ägypten?«

»Kairo.«

»Kanada?«

»Toronto«, rief Maria euphorisch, als säße sie selbst im Studio.

»Ottawa«, berichtigte Angelica sie sanft. Der Kandidat zögerte und schwieg. »Ottawa«, bestätigte der Moderator.

»Japan?«

»Tokio.«

»Malaysia?«

»Kuala Lumpur.«

»Australien?«

Wieder zögerte der Kandidat. »Sydney«, dachte Maria und sah zu Angelica. »Canberra«, antwortete diese. »Canberra«, bestätigte der Moderator.

»Montenegro?«

»Podgorica.«

»Burkino Faso?«

»Ouagadougou«.

Während der Kandidat die letzten Antworten schwitzend verschwieg, gab Angelica ganz entspannt Auskunft. Maria musterte sie irritiert von der Seite. Indessen ging das Rateduell weiter. Dank eines Jokers durfte der Kandidat nun doch in die nächste Runde. Diesmal ging es um Geschichte. Historische Ereignisse wurden eingeblendet, denen der Kandidat im Multiple-Choice-Verfahren Jahreszahlen zuordnen sollte.

»Oje«, Maria winkte ab. »Das ist nix für mich. Zu schwer.« Der Kandidat hingegen schlug sich wacker.

»Die Entdeckung Amerikas durch Kolumbus?«, forderte der Moderator.

»1492«, konterte der Mann wie aus der Pistole geschossen.

»Beginn der Französischen Revolution?«

»1789«, antworten Kandidat und Angelica synchron.

»Kennedys Ermordung?«

»22. November 1963.« Diesmal war Angelica schneller.

»Sag mal«, Maria, die zwischen der Entdeckung Amerikas und dem Ausbruch der französischen Revolution längst das Strickzeug zur Seite gelegt hatte, ließ den TV-Ton mit einem Klick der Fernbedienung verstummen, »du hast keine Ahnung wie ein Erdbeereis schmeckt, aber wann Kennedy ermordet wurde, weißt du ganz genau.«

»Er starb mittags um 12 Uhr 32.«

»Findest du das nicht unheimlich? Woher weißt du das so genau?«

»Keine Ahnung. Ich weiß nicht, was ich weiß. Die Antwort ist auf einmal einfach da.«

Marias Gastfreundschaft kühlte schlagartig ab. Nichts über Angelica zu wissen, war kein Problem gewesen, als sie diese bei sich aufgenommen hatte. Angelica war für sie ein unbeschriebenes Blatt gewesen, auf das sie ihr eigenes Bild einer verfolgten Unschuld projiziert hatte. Doch plötzlich begann sie, ihre eigene Gutmütigkeit in Frage zu stellen. Nichts von einer Person zu wissen, bedeutete in der Regel nicht, dass es nichts zu wissen gab. Im Gegenteil. Und je weniger man wusste, desto mehr war möglich. Bis zu diesem Tag hatte Angelica keinen einzigen Versuch unternommen, sich Maria zu erklären. Bis zu diesem Moment war Maria davon ausgegangen, dass Angelica nichts erzählte, weil sie schlicht nichts wusste. Weil sie ein Opfer schlimmer Umstände war, das ihre Hilfe brauchte. Doch genau dieses Bild hatte soeben einen empfindlichen Riss bekommen. Gab sie vielleicht nur nichts von sich preis, weil sie etwas zu verbergen hatte? Maria fügte dem unbeschriebenen Blatt einige hoch beunruhigende Fragen hinzu. Nichts über ihren Gast zu wissen, barg auch ein Risiko.

»Vielleicht ist das ein Hinweis auf dein früheres Leben?«

»Du meinst, zu wissen, wann Kennedy starb, hilft mir herauszufinden, wer ich bin?«

»Falls du herausfindest, warum du es weißt.«

Angelica zuckte müde mit den Schultern.

»Vielleicht sollten wir etwas unternehmen, um deine Identität zu klären.« Maria setzte sich auf. »Wir könnten zur Polizei gehen.«

»Nein!«

Die Heftigkeit, mit der Angelica reagierte, überraschte Maria. Sie fühlte sich in ihren Bedenken bestätigt.

»In Ordnung.«

Sie holte tief Luft und griff schließlich nach ihrer Handarbeit. Die Stricknadeln klapperten zwischen ihren Fingern, während sie mit jedem Faden, den sie in die nächste Masche schob, einen weiteren Gedanken sortierte. Sie wollte und brauchte keinen Ärger. Daher wurde es Zeit, sich von ihrem Gast zu verabschieden. Je länger sie Angelica beherbergte, desto größer wurde das Risiko, in ihre Probleme verstrickt zu werden. Dennoch war sie ihr zu großem Dank verpflichtet. Die Fremde hatte sie gerettet. Ja, wenn sie Angelica fortschickte, dann nur, indem sie dabei ihre Schuld beglich.

Plötzlich hatte sie eine Idee. Die Lösung lag auf der Hand und erschien Maria ebenso patent wie ihr Strickmuster.

»Sehen wir das Ganze als positives Zeichen. Dein Gedächtnis kehrt zurück. Vielleicht findest du am ehesten zurück in dein Leben, wenn du anfängst, auf eigenen Füßen zu stehen.«

Angelica nickte.

»Ich kenne jemanden, bei dem du arbeiten könntest. Ist zwar nur ein Putzjob, aber dafür werden keine Fragen gestellt. Das wäre ein guter Anfang, oder?«

Zufrieden ließ Maria den stillgelegten Ton ihres Fernsehers wiederaufleben.

»Wenn du einverstanden bist, gehen wir morgen gleich mal hin.«

4

So richtig recht war Boško dieser Neuzugang nicht. Er musste vorsichtig sein. Mitarbeiter, die keine gültigen Papiere besaßen, verschafften ihm zwar eine ganz ordentliche Gewinnspanne, aber sie einzustellen, war riskant. Die Steuerfahndung saß ihm quasi ständig im Nacken. Vertrauen war eine Investition, die er sich genauso wenig leistete wie Mitleid. In erster Linie war er Geschäftsmann und kein Wohltätigkeitsheini. Emotionalitäten lagen ihm nicht. Boško genoss den Ruf, ein harter Hund zu sein, und unternahm alles, um diesem auch gerecht zu werden. Nun war er Maria allerdings noch etwas schuldig und in diesem Sinne war das zwischen ihm und ihr geschäftlich.

Boško knirschte mit den Zähnen, während er die junge Frau musterte, die Maria in seinem Büro abgesetzt hatte und der er nun einen Job in seiner Putzkolonne überlassen sollte. Allerdings währte sein Misstrauen nicht lange. Vielleicht lag es daran, dass die Neue eine so verblüffende Ähnlichkeit mit Tara besaß. Sie hätte ihre Tochter sein können. Die gleichen grünen Augen, die für eine so zierliche Frau sehr große Nase, derselbe Rotstich im blonden Haar. Die Erinnerung an Tara, die ihm vor einundzwanzig Jahren das Herz gebrochen hatte, und seine Vorstellung von ihrer Tochter, die er nie gesehen hatte, ließen seine Knie weich werden.

Boško musste sich setzen. Natürlich war sie nicht die Tochter seiner großen Liebe, die eigentlich seine hätte werden sollen. Taras halbverwaiste Tochter, das wusste er aus sicherer Quelle, studierte Architektur in Serbien, in Niš, um genau zu sein. Ganz sicher war sie nicht auf billige Putzjobs angewiesen. Davor bewahrte sie das Geld ihres Vaters, dieses neureichen Opportunisten Peta, den Tara ihm einst vorgezogen hatte und der seiner Tochter nach dem frühen Krebstod seiner Frau jeden nur erdenklichen Wunsch von den Augen ablas.

Eine Sekunde lang barg Boško das Gesicht in seinen Händen und atmete tief durch.

Die junge Frau wartete geduldig darauf, dass er sie wieder ansah. Natürlich war sie nicht Taras Tochter. Er war nur übermüdet und seine Sinne hatten ihm einen Streich gespielt. Wenn man aufmerksam hinschaute, dann fiel einem auch sofort auf, wie gering die Ähnlichkeit tatsächlich war.

Aber da war es schon zu spät. Er war bereits von ihrem Äußeren eingenommen. Außerdem besaß sie den typischen Zungenschlag seiner Heimat.

»Sag mal, von wo aus Serbien kommst du eigentlich? Du klingst so, als kämst du direkt aus der Gegend von Niš.« Die junge Frau schlug verlegen die Augen nieder und sofort bereute er seine Frage. Er wusste doch, dass diejenigen, die sich bei ihm ohne nennenswerte Referenzen bewarben, meistens ihre kleinen Geheimnisse mitbrachten.

»Sei es drum, Kleines«, sagte er ungewohnt väterlich. Und weil ihn die junge Frau so unendlich rührte, fügte er noch ein ihn selbst überraschendes »Aber wenn du mal in der Klemme bist, kannste gerne zu mir kommen« hinzu.

Eine der erfahrensten Kräfte in Boškos Team war die Albanerin Aferdita. Boško rief sie zu sich und wies sie an, Angelica unter ihre Fittiche zu nehmen. Mit ihrer robusten Art war Aferdita für jeden Neuling eine echte Bewährungsprobe. Wer sich von ihr nicht abschütteln ließ, das wusste Boško, war auch den übrigen Zumutungen des Jobs gewachsen. Der perfekte Weg, um Angelica möglichst nahtlos in sein Putz-Team zu integrieren.

Seit drei Jahren lebte Aferdita in Deutschland und fast auf den Tag genauso lange arbeitete sie für Boško. Drei Jahre, in denen ihre schroffe Art wie eine Austernschale gewachsen war, um sich vor der Außenwelt zu schützen. Die regelmäßigen Vorurteile der Deutschen prallten inzwischen fast spurlos von ihr ab. Sie machte sich kaum noch etwas daraus, wenn man ihr mit schlecht versteckter Verachtung oder Hass begegnete.

Sie nahm den Auftrag ihres Chefs entgegen, ohne mit der Wimper zu zucken. Zwei ungeübte Hände an ihrer Seite, auf die sie auch noch achten sollte, waren eine Belastung, auf die sie gern verzichtet hätte. Aber sie war zu müde, um sich darüber aufzuregen.

Aferdita nickte nur und verließ wortlos Boškos Büro. Vor der Tür wartete bereits die Neue. Aferdita schenkte ihr kaum Beachtung. In den letzten Jahren hatte sie schon so viele Gesichter kommen und gehen sehen, dass sie ihre Reserven für Neugier und Anteilnahme restlos aufgebraucht hatte.

»Los, komm mit!«, befahl sie in ihrem hart klingenden Deutsch.

Sie stiegen in den grauen Firmen-Transporter, der draußen im Hof wartete, und ließen sich mit fünf anderen Boško-Leuten in die Innenstadt bringen. Vor einem Bürokomplex mit schicker Glasfront wurden sie abgesetzt. Hier war die Versicherung untergebracht, deren Räume Boškos Firma regelmäßig reinigte. Zehn Etagen, das waren hundertsechs Räume mit insgesamt zweihundertzwei Schreibtischen, zweihundertzwanzig Mülleimern, acht Teeküchen, neun Waschräumen und vierzig Toiletten. Viel Dreck für wenig Zeit. Aferdita und ihre Kollegen kämpften jeden Tag gegen die Uhr. Ein Kampf, den man auf Dauer nur überlebte, wenn man nicht versuchte, ihn zu gewinnen.

»Sei so schnell du kannst, aber nur so gründlich wie du musst«, sagte Aferdita. »Ansonsten schau einfach, was ich mache, und mach es nach.«

In der ersten Stunde folgte ihr Angelica auf Schritt und Tritt und beobachtete jeden ihrer Handgriffe. In der zweiten Stunde arbeitete sie bereits völlig autark. War etwas neu, kam sie kurz, fragte und arbeitete weiter. In der dritten Stunde war es Aferdita, die die Neue beobachtete. Angelica arbeitete so effizient, als hätte sie noch nie etwas anderes gemacht. Dabei wirkte sie völlig entspannt und zufrieden. Manchmal lächelte sie Aferdita zu, aber ansonsten war sie still.

Gegen Ende ihrer Schicht bemerkte die Albanerin, dass sie ihre Handschuhe verlegt hatte. Angelica reichte ihr ungefragt das eigene Paar.

»Danke, falemnderit«, rutschte es Aferdita heraus.

»Ju lutem«, antwortete Angelica auf Albanisch mit der gleichen Selbstverständlichkeit. Aferdita stutzte und sah die Neue das erste Mal richtig an. Einen Augenblick lang wunderte sie sich darüber, wie sehr die Fremde ihrer Freundin Elvana ähnelte, die vor über zwanzig Jahren bei einem Autounfall gestorben war. Seit Jahren hatte sie nicht mehr an Elvana gedacht und darüber fast vergessen, wie stark sie ihre Freundin noch immer vermisste.

Am darauffolgenden Tag war es Aferdita, die darum bat, in die gleiche Schicht mit Angelica eingeteilt zu werden. Nach drei Jahren gab es endlich jemanden, von dem sie sich verstanden fühlte. Nicht nur weil sie in Gegenwart der jungen Frau ihr sperriges Deutsch ablegen konnte, mit dem sie sich selbst so sehr im Weg stand, auch war Aferdita sich sicher, noch nie eine so angenehme Kollegin gehabt zu haben. Kein überflüssiges Geschwätz, keine lästigen Fragen, nur freundliche Aufmerksamkeit und ..., Aferdita musste tatsächlich überlegen, um den passenden Begriff zu finden: Respekt. Angelica zeigte Interesse, ohne aufdringlich zu sein. Sie war offen, ohne zu urteilen. Sie behandelte Aferdita mit Respekt. Etwas, was die Albanerin schon lange nicht mehr erfahren hatte.

Während sie Seite an Seite die Arbeitsflächen einer Großküche schrubbten, das Küchenpersonal würde erst in Stunden eintreffen, um seinen Kantinendienst aufzunehmen, begann Aferdita auf einmal zu erzählen.

»Hast du Kinder?«, fragte sie.

Angelica verneinte.

»Ich habe zwei, eine Tochter und einen Sohn.« Sie zog ein verknittertes Foto aus ihrem Portemonnaie und reichte es ihr.

Angelica betrachtete die beiden kleinen Menschen: Ein etwa dreijähriger Junge auf einer Couch, der voller Stolz in die Kamera strahlte, und ein Baby auf seinem Schoß, um das er zärtlich seine Arme gelegt hatte.

»Seit drei Jahren habe ich sie nicht mehr gesehen«, fuhr Aferdita fort. Sie ließ sich einfach auf den Boden gleiten, lehnte sich gegen einen Schrank und streckte die Beine von sich. Angelica setzte sich neben sie und gab ihr das Bild zurück. Ab diesem Moment war Aferdita nicht mehr zu bremsen. Die Worte strömten aus ihrem Mund, als hätten sie sich seit Jahren dort angestaut.

»Als mein Mann gestorben ist, war Tia gerade ein halbes Jahr alt. Schon vorher war es schwer für uns. Aber ohne ihn ..., wie sollte ich da unsere Familie ernähren? Ich komme übrigens aus Grila, aus der Nähe vom Shkodrasee. Es ist schön da, aber leider gibt es dort keine Arbeit. Also keine, mit der man genug verdient.

Ich wollte nicht weggehen. Aber dann hätten meine Kinder in Armut leben müssen. Also habe ich meine Kleinen bei meiner Mutter gelassen und bin nach Tirana gegangen. Habe alles an Arbeit gemacht, was ich bekommen konnte. Meistens habe ich geputzt, so wie hier. Aber dabei verdient man nicht genug, um allein eine Familie durchzubringen. Nicht in Albanien. Also sagte ich mir: Wenn ich schon weggehe, dann wenigstens richtig weg, dorthin, wo es wirklich besser ist. So kam ich hierher, nach Deutschland.

Meine Kleinen können bei meiner Mutter in Ruhe aufwachsen, während ich hier arbeite. Ich wüsste auch nicht, wie ich sie hier in Frankfurt unterbringen sollte. Ich wohne bei Bekannten, habe dort nur ein Zimmer. In Grila, da haben sie es besser. Alles, was ich verdiene, schicke ich zu ihnen. Für Albanien ist das genug, um gut zu leben. Dafür arbeite ich gern hart. Es macht mich stolz, dass ich für sie sorgen kann. Ich spare sogar für sie. Meine Kinder sollen es einmal besser haben als ich. Sie sollen eine gute Ausbildung bekommen, dann können sie auch in Albanien einen Job finden, der zum Leben reicht. Oder sie kommen nach Deutschland und studieren. Ganz offiziell. Nicht so wie ich. Niemand darf wissen, dass meine Papiere falsch sind. Wenn man mich abschiebt, wäre das mein Tod. Nein, schlimmer, es wäre auch für meine Kinder das Ende. Dann hätten sie keine Zukunft mehr. Ich bin doch die Einzige, die für sie sorgt.« Noch immer hielt Aferdita das Foto in der Hand. Mit ihren Fingerspitzen fuhr sie zärtlich über die kleinen Köpfe. »Sie fehlen mir mehr, als ich sagen kann. Meine Kinder sind mein Leben. Nur für sie mache ich das alles.«

Obwohl Angelica keinen einzigen Ton von sich gegeben hatte, fühlte sich Aferdita bestätigt. Wie sehr hatten sie in den letzten Jahren ihre Schuldgefühle geplagt? Was konnte schlimmer sein, als die eigenen Kinder zurückzulassen? Angelicas Zuhören empfand sie als Absolution. Sie hatte stets nur aus den besten Motiven heraus gehandelt. Sie war eine gute Mutter. Schwerfällig rappelte sie sich wieder auf. »Meine Kinder haben alles, was sie brauchen. Nur darauf kommt es an. Und jetzt wieder an die Arbeit.«

Den anderen in Boškos Team entging nicht, dass es der neuen Kollegin gelungen war, Aferditas gefürchtete raue Schale zu durchbrechen. Das war sonderbar, aber längst nicht so sonderbar wie die Neue selbst. Keiner von ihnen war es gewohnt, die Dinge groß zu hinterfragen. Angelica hingegen zeigte an allem Interesse. Ihre Neugier irritierte und amüsierte die Kollegen gleichermaßen.

Der Arbeitstag begann früh. Oft traten sie gemeinsam noch im Dunkeln den Kampf gegen die Müdigkeit und den Dreck fremder Leute an. Sie putzten in Büros und Hotels, ab und an auch in Kneipen und Bars. Immer drückte die Uhr. Schnelle Sprüche, kleine Lästereien, derbe Witze, das musste reichen, um sich den Alltag von der Seele zu halten.

Doch Angelicas unkomplizierte Offenheit entwaffnete schnell alle Vorbehalte. Es dauerte nicht lange und jeder, der eine Weile an ihrer Seite gearbeitet hatte, verspürte das Bedürfnis, sich ihr mitzuteilen. Aferdita war längst nicht die Einzige mit einer Geschichte. Alle in Boškos Truppe trugen sie ihre Vergangenheit, fest verschnürt, mit sich herum. Egal woher sie stammten – aus Russland, Rumänien oder Albanien – keiner von ihnen war aus reiner Neugier oder purer Abenteuerlust gekommen. Sie alle hatte die Not hierhergebracht. Und alle hatten sie etwas zurückgelassen. Alle vermissten sie jemanden. Wie eine tiefe Müdigkeit lag das Heimweh auf ihren Gesichtern. Angelicas tröstende Art, ihnen zuzuhören, war für sie wie ein Nach-Hause-Kommen.

Doch in Aferditas Herz staute sich die Eifersucht. Die Leichtigkeit, mit der Angelica das Zutrauen der anderen gewann, verletzte sie. Wie lange hatte sie darauf gewartet, sich einem anderen Menschen anzuvertrauen? Wie kostbar, wie einzigartig und wie exklusiv war ihr dieses Geschenk erschienen? Nun beobachtete sie hilflos, wie ihr die sogenannte Seelenverwandte entglitt.

Mit jeder neuen Bekanntschaft, die Angelica einging, fühlte sich Aferdita umso betrogener. So verfolgte sie Angelicas Tun und hoffte auf einen Fehler, auf einen Makel, auf irgendetwas, womit sie ihren Wunsch nach Genugtuung stillen könnte.

Besonders irritierte sie, dass Angelica nicht nur allen Geschichten, sondern diesen auch in allen Sprachen aufmerksam folgte.

Als eines Morgens Hawi, ein Mann aus Äthiopien, zu ihrer Truppe stieß, Angelica ihm wie gewohnt aufmerksam zuhörte und schließlich sogar einige einfühlsame Worte an ihn richtete, wurde es Aferdita zu viel.

»Sprichst du jetzt auch noch Afrikanisch?« Sie baute sich empört vor der jüngeren Kollegin auf.

»Das war Amharisch«, erwiderte Angelica sanft.

In Aferditas Wut mischte sich Misstrauen. Wie konnte es sein, dass die junge Kollegin mühelos von einem Idiom ins andere wechselte, als wäre das das Natürlichste auf der Welt? Da war doch etwas faul. Verunsichert ging sie auf Distanz.

Obwohl sich Angelica nach Aferditas Wutausbruch sichtbar zurückhielt, begann sich die Stimmung in der Putzkolonne nach diesem Vorfall zu verändern. Angelicas Sprachbegabung, die bis zu diesem Zeitpunkt keinen gestört hatte, wurde auf einmal skeptisch beobachtet. Die anderen begannen zu tuscheln:

War es nicht seltsam, wie sie sich die Geheimnisse eines jeden von ihnen erschlich, ohne selbst auch nur das allerkleinste Detail von sich preiszugeben? Woher kam sie eigentlich? War es nicht ungewöhnlich, dass ein solches Sprachtalent putzen ging? Und war sie nicht sowieso in allem etwas wunderlich? Nahm ihr wirklich jemand diese Naivität ab? Das konnte doch nur eine Masche sein, hinter der sich ein raffinierter Hintersinn verbarg.

Als sich Angelica beim Säubern einer Küchenmaschine in den Finger schnitt, kam es zum Eklat. Angelica schrie auf und zog die Hand aus der Maschine. Die Wunde blutete stark. Sofort eilte Aferdita mit einem Erste-Hilfe-Kasten herbei. Auch der Äthiopier Hawi kam angerannt, stand aber hilflos neben den beiden Frauen.

»Geht schon, ich brauche nichts«, sagte Angelica und wandte sich verstohlen ab.

»Jetzt zier dich doch nicht.« Aferdita packte Angelicas Handgelenk. »Vielleicht muss es genäht werden. Zeig!« Fassungslos starrte sie auf die Wunde. Beziehungsweise auf das, was sie für eine Wunde gehalten hatte. Denn da war nichts. Absolut gar nichts.

»Wieso blutest du nicht mehr?«, schrie sie.

»Ist nicht so schlimm.« Angelica zog ihre Hand aus Aferditas Umklammerung und wollte sich erneut abwenden.

»Aber da war Blut«, schrie Aferdita.

»Vielleicht nur Missverständnis«, mischte Hawi sich vorsichtig ein.

»Du Hexe«, schrie Aferdita und stürzte sich auf Angelica. Hawi riss sie zurück. »Vielleicht nur Missverständnis«, wiederholte er und hielt Aferdita weiter fest. Und zu Angelica: »Du besser gehst.«

»Nein, nix Missverständnis. Ich weiß doch, was ich gesehen habe!« Aferdita tobte auch noch, als Angelica längst gegangen war. Der Vorfall sprach sich herum. Von diesem Tag an hielten alle im Team penibel Abstand zu Angelica.

Boško war nicht wirklich überrascht, als Angelica einige Tage später bei ihm im Büro erschien. Die abstrusesten Geschichten und Gerüchte um ihre Person waren ihm zu Ohren gekommen. Obwohl er nichts davon glaubte, begriff er immerhin, dass keiner von seinen Leuten noch länger mit ihr zusammenarbeiten wollte.

Er hob erschöpft die Augen von seinem Papierkram. Unfassbar zart und zerbrechlich stand sie vor seinem Schreibtisch. Wieder berührte ihn ihr Anblick. Wie ein Wesen, das nicht von dieser Welt ist, dachte er.

»Ich bin gekommen, um mich zu verabschieden.«

»Du willst wirklich aufhören?«, fragte er, obwohl ihm sofort klar war, dass sie ihre Entscheidung längst getroffen hatte. »Brauchst du mehr Geld?«

»Wieso Geld?«, fragte sie verständnislos und schüttelte den Kopf.

»Gibt es Probleme? Hast du Schwierigkeiten?«

Er wusste, wie überflüssig diese Frage war. Aber er meinte es gut, und nur das wollte er zum Ausdruck bringen.

»Nein, ich muss nur weiter.«

Er schüttelte den Kopf, stand von seinem Stuhl auf und ging um den Schreibtisch herum.

»Du weißt, dass ich es nicht als leere Phrase gemeint habe, als ich dir meine Hilfe angeboten habe?«

Er setzte sich auf die Tischkante, ihr direkt gegenüber. Wieso nur hatte er in ihrer Gegenwart immer das Gefühl, er müsse sie beschützen?

Er seufzte. Der Abschied war unausweichlich. Dabei traf er selten Menschen, denen er sich auf Anhieb so nahe fühlte. Alleine durch ihre Anwesenheit gelang es ihr immer wieder, ihn zu berühren. Wie ein Licht, dachte er. Ein schüchternes Licht, das sich zurückzog, sobald man seiner habhaft werden wollte.

»Weißt du denn schon, wohin du willst?«

Kopfschütteln und Schweigen.

Unwillkürlich griff er nach ihren Händen und brachte sie sanft dazu, Platz zu nehmen. Längst hatte er aufgegeben, das Rätsel um ihre Person zu verstehen. Einerseits war sie mit der Arbeit völlig unterfordert. Sie war geschickt, klug und extrem schnell. Ihre Sprachkenntnisse waren außergewöhnlich. Andererseits verblüffte sie ihn immer wieder durch ihre kindliche Naivität. Als wäre sie isoliert von der Welt aufgewachsen und erst jetzt in die Freiheit entlassen worden. Ein wenig begriff er, warum sein Team ihre Anwesenheit befremdlich fand. Auch ihm war es unmöglich, sich einen Reim auf sie zu machen.

»Mein Onkel Pino hat einen Schrottplatz. Abseits aufm Land. Und auf dem angrenzenden Grundstück steht ein Wohnwagen. Hab da auch mal gewohnt. Ist ein guter Platz, wenn man ... na ja sagen wir mal ... wenn man sein Leben ein wenig sortieren möchte. Was meinste? Könnte das was für dich sein?«

Sie zögerte, doch dann kam ein vorsichtiges Nicken von ihr.

»Eigentlich ist der Mann nicht wirklich mein Onkel. Aber ich vertraue ihm. Er ist für mich sowas wie Familie. Er wird keine Fragen stellen und einfach für dich da sein. Also, wenn du willst ...?«

»Ja, gern«, beeilte sie sich zu antworten.

»Tja, dann.« Boško klatschte zufrieden in die Hände. »Ich ruf Pino gleich mal an. Ich bin sicher, er wird sich über deine Gesellschaft freuen.«

Erst viel später am Abend, in einer stillen Stunde, in der Boško endlich zur Ruhe kam, kam er dem Grund seiner Zufriedenheit auf die Spur.

Es ging nicht um das Geschenk, das er Angelica gemacht hatte. Wenn er ehrlich war, hatte ihn ihre höfliche Dankbarkeit fast etwas enttäuscht. Ja, er hätte sich in diesem Moment wirklich mehr Überschwänglichkeit gewünscht. Doch eigentlich hatte sie völlig recht. Im Grunde hatte er nicht einmal etwas verschenkt. Er hatte etwas gegeben, was man auch ihm einmal gegeben hatte. Er musste zugeben, dass seine gute Tat nichts anderes war als eine Rate, die er abbezahlte. Eine Schuld, die er beglich, um mit dem Schicksal endlich quitt zu sein.

Nicht er hatte Angelica, sie hatte ihm ein Geschenk gemacht. Oder besser: Er hatte sich selbst beschenkt, denn er fühlte sich so gut wie schon lange nicht mehr. Seine Idee hatte ihn von der ersten Sekunde an in Hochstimmung versetzt. Das war etwas völlig anderes, als ein Geschäft zu machen. Etwas anderes als ein quid pro quo, das sich auf Heller und Pfennig beziffern ließ. Es hatte ihm Spaß gemacht.

Jemandem etwas Gutes zu tun, tat gut.

Obwohl ihm diese Erkenntnis nicht neu war, verblüffte sie ihn dennoch. Denn er hatte sie völlig vergessen. Und in dem Erkennen, dem Wesenszweck des Guten so nahe gekommen zu sein, genoss er diese Offenbarung gleich noch mehr.

5

Rolfs Rückkehr war ein einziges Desaster. Von Anfang an konnte er die Wohnung, in der er mit Sybille gelebt hatte, nicht mehr ertragen. Aber ebenso wenig wie er sie ertragen konnte, vermochte er es nicht, sich von ihr zu lösen. Es gab keinen Gegenstand in seiner Wohnung, den er betrachtete, ohne Sybilles Abwesenheit zu spüren.

Er sah den Stuhl, auf dem sie gesessen hatte, und dachte: Das ist ihr Stuhl. Er sah das Geschirr im Schrank, und dachte: Von diesem Teller hat sie gegessen. Wochenlang stieß er im Kühlschrank auf ein angebrochenes Glas ihrer Lieblingsmarmelade. Weder wagte er sie zu essen, noch sie zu entsorgen. Ebenso erging es ihm mit den Dingen, die ihr gehört hatten. Ihre Kleider, ihr Schmuck, ihre Schuhe, ihre Bücher, ihre CDs und ihre Kosmetika, all das belagerte die Wohnung und schien mehr Existenzrecht zu beanspruchen als er. Er wagte nicht, das Bett frisch zu beziehen, um ihren Geruch nicht zu verlieren. Er konnte den Mülleimer im Bad nicht leeren, weil in ihm noch ein mit Wimperntusche verschmierter Wattepad lag.

Für ihn lebte sie an diesem Ort weiter. Alles war ein Teil von ihr. Und sie war ein Teil dieser Dinge. Nur, dass sie fehlte. Das Bild ließ sich nicht mehr zu einem Ganzen zusammenfügen. Ihr Fehlen schmerzte. Mit jedem Tag mehr, an dem das Fehlen andauerte. Mit jedem Ding mehr, das verwaist vor ihm lag, und ihm Vorwürfe zu machen schien, weil es seiner natürlichen Vollständigkeit beraubt war.

Natürlich wusste er, dass sie nicht mehr da war. Trotzdem wartete er. Es gab keine Sekunde, in der er nicht mit ihrer Stimme, mit ihrem verspäteten Heimkommen, mit ihrer selbstverständlichen Anwesenheit rechnete. Er wartete, weil ihm die Alternativen fehlten. Überhaupt, er wusste nicht, was er sonst hätte tun können.

Das Warten wurde zum Selbstzweck. Es füllte nicht nur seine Tage, es beschäftigte ihn auch nachts. Zum Schlafen kam er kaum noch, von wenigen Albträumen abgesehen. Trotzdem konnte er davon nicht ablassen.

Sein Wunsch nach Vollständigkeit war ebenso verzweifelt wie übermächtig. Ihm war ein Teil seiner Selbst abhandengekommen. Er fühlte sich versehrt. Sein Denken und Fühlen konzentrierte sich nur noch auf das, was fehlte. Wie beim Verlust eines Körperteils, den man intensiver spürt als den Rest vom Körper. Weil Schmerz immer stärker ist als Wohlbefinden.

Seine Freunde und Bekannten reagierten verständnisvoll. Sie billigten sein Schweigen, schwiegen sogar mit ihm, wahrscheinlich auch, weil sie nicht wussten, was sie hätten sagen sollen. Sie tolerierten seine Unumgänglichkeit, harrten trotzdem in seiner Nähe aus, vielleicht weil sie erleichtert waren, in einer so schwierigen Situation eine klar definierte Rolle zu übernehmen.

Aber die Aufmerksamkeit ließ nach. Die Geduld ebenso. Nicht, dass sie ihm irgendwelche Vorwürfe machten. Nein, sie zogen sich einfach zurück. Trösteten sich womöglich mit dem Gedanken, dass Trauer Zeit brauchte. Und Ruhe.

Und mitgerissen vom Leben, das unterdessen immer weiter vorwärtsstürmte, und dem sie sich dankbar wieder anschlossen, ließen sie ihn einfach hinter sich.

Rolf machte keinem von ihnen einen Vorwurf. Er wusste, dass er kein angenehmer Gesprächspartner mehr war. Eigentlich war er überhaupt kein Gesprächspartner. Am liebsten hätte er selbst die Flucht vor sich ergriffen. Nur dass ihm dies nicht möglich war, außer er hätte sich etwas angetan. Doch dieser Gedanke schien ihm schäbig und feige zu sein. So als habe er kein Recht darauf, einen Ausweg zu finden. Als müsse er eine Schuld abtragen. Das Einzige, was er für Sybille noch tun konnte.

Vier Wochen nach dem Unfall nahm er seine Arbeit wieder auf. Das heißt, er fuhr regelmäßig zur Uni und war anwesend. Sein Programm spulte er routiniert herunter, er nahm seine Vorlesungen und Seminare wahr, hielt Sprechstunden und nahm Prüfungen ab. Seine langjährige Erfahrung half ihm dabei, seine Rolle glaubwürdig zu spielen. Nur ausfüllen konnte er sie nicht mehr. Er wusste, es war nur eine Frage der Zeit, bis man ihn durchschauen würde. Nur eine Frage der Zeit, bis die Rücksichtnahme der anderen aufgebraucht war und das fragile Konstrukt, zu dem sein Leben geworden war, vollends kollabieren würde.

Der Einzige, der nicht von ihm abließ, war Jochen, der ihm seine Besuche hartnäckig aufzwang. Sein Freund nervte ihn, indem er sich nicht an das Schweigen hielt, das Rolf sich so sehr wünschte.

Nie ließ er locker. Hätte Rolf mehr Kraft besessen, dann hätte er diesen letzten Freund, der ihm geblieben war, zum Teufel gejagt. Und selbst dann hätte Jochen nicht aufgeben.

»Du musst hier raus«, sagte er eines Abends.

Sie saßen sich in Rolfs Küche gegenüber, die Reste eines gemeinsamen Gemüseeintopfs noch zwischen sich auf dem Tisch. Wie üblich hatte Jochen das Essen mitgebracht, denn Rolfs Kühlschrank war meistens leer. Er vergaß einfach, einzukaufen, weil er auf nichts Appetit verspürte.

»Du musst aus dieser Wohnung raus. Alles hier erinnert dich an sie. Du bist völlig erstarrt.«

Rolf wollte widersprechen, aber er besaß nicht die Energie, um irgendwelche Argumente zu erfinden. Natürlich hatte Jochen recht. Auch, wenn ihm das nicht gefiel. Aber was gefiel ihm schon noch?

»Du bist inzwischen völlig lethargisch«, fuhr Jochen fort. »Man kann sich mit dir nicht einmal mehr streiten.«

Rolf kämpfte müde gegen das Verlangen an, die Augen zu schließen. Noch besser wäre es, sich die Ohren zuzuhalten, dachte er kurz. Doch selbst zu dieser Reaktion konnte er sich nicht aufraffen.

Unbeirrt sprach Jochen weiter. »Sybille ist tot. Sie kommt nicht mehr zurück. Du hattest jetzt sechs Monate Zeit, um das zu begreifen. Doch so wie du hier nur herumsitzt, wirst du es nach sechs weiteren Jahren noch nicht begriffen haben.«

»Vielleicht ist es nicht zu begreifen«, wagte Rolf schwach einzuwenden. Ein wenig schämte er sich dafür, wie jämmerlich er dabei klang.

»Es ist scheißegal, ob du es begreifst oder nicht«, schrie Jochen entnervt. »Du musst endlich die Kurve kriegen, sonst gehst du vor die Hunde! Und das hätte Sybille nie gewollt.«

Rolf funkelte Jochen wütend an. Die Erwähnung Sybilles in Verbindung mit der Formel ›hätte gewollt‹ versetzte ihm einen tiefen Stich. Sybille zu einer Person zu machen, die in der Gegenwart nur noch einen hypothetischen Wert besaß, war unerträglich.

»Denk doch mal an deinen Job. So larifari kannst du nicht mehr lange weitermachen. Früher war dir deine Arbeit wichtig. Die Forschung war dir wichtig. Euch beiden war das wichtig. Hast du das nicht an ihr geliebt?«

Jochens Taktik war nicht schwer zu durchschauen. Aber sie wirkte trotzdem. Indem er an ihre gemeinsame Arbeit erinnerte, nahm er Rolf in die Pflicht, diese Gemeinsamkeit als Andenken zu bewahren und fortzusetzen.

Einige Atemzüge lang erwog Rolf, sich gegen Jochens Worte zu wehren, doch schließlich erlag er ihrem Trost. Er konnte etwas tun, von dem er überzeugt war, dass es Sybille gefallen hätte. Ihr Andenken zu ehren, indem er sein Leben fortsetzte, so gut er konnte, war eine logische Alternative. Und machbar.

Er lächelte zaghaft.

»Hau aus dieser Wohnung ab. Das alles hier erdrückt dich doch nur. Such dir ein kleines Häuschen im Grünen. Du brauchst einen Neuanfang.«

Ein Häuschen im Grünen. Rolf schloss die Augen. Ahnte sein Freund, wie schmerzhaft das Bild war, das er soeben heraufbeschworen hatte? Ein Häuschen im Grünen, ein Platz, um eine Familie zu gründen, ein Heim für das Kind, das sie gehabt hätten. Und das jetzt niemals geboren werden würde.

Wortlos schob Jochen die benutzten Teller beiseite und legte eine Immobilienzeitung auf den Tisch. Mit gelben Post-its hatte er bereits einige passende Inserate markiert.

»Wenn du schon nicht für dich selbst weitermachen kannst, dann mach wenigstens für sie weiter.«

Er erhob sich unaufgefordert.

»Bleib sitzen. Ich finde schon alleine raus. Aber bis übermorgen erwarte ich mindestens drei Besichtigungstermine. Ich werde dich begleiten, damit du dich nicht drückst.«

Rolf hörte, wie der Freund im Flur in seine Jacke schlüpfte und die Tür hinter sich ins Schloss zog. Dann war er allein.

Jochen hatte recht. Er ertrug diese Umgebung nicht länger. Und trotzdem hing er an ihr fest. Jochens Idee konnte ihm zur Flucht verhelfen. Ohne dass er sich dafür Sybille gegenüber schuldig fühlen würde.

Seit jener verhängnisvollen Nacht führte er einen einsamen Kampf gegen die Zeit. Längst erwartete er nichts Gutes mehr von ihr. So hielt er still, als könne das auch die Zeit in ihrem Lauf beeinflussen. Als könne er, indem er sich weigerte, mit ihr voranzugehen, ihr gnadenloses Voranschreiten verhindern. Wie vergeblich sein Tun oder vielmehr Nichtstun war, musste er sich dennoch jeden Tag aufs Neue eingestehen.

Sybille entglitt ihm unaufhaltsam: Ihr Gesicht, ihre Stimme, der Geschmack ihrer Lippen, der Duft ihrer Haare. Die Zeit trieb ihn von ihr fort. Eine mächtige Strömung, gegen die er sich vergeblich stemmte.

Vielleicht bot Jochens Vorschlag tatsächlich einen Ausweg. Vielleicht gelang es ihm so, seine Erinnerungen zu retten, indem er sie einpackte und mitnahm. In Umzugskisten verstaut. Fest versiegelt. Kisten, die er erst wieder öffnen würde, wenn er sich sicher fühlte. Wenn die Zeit ihnen nichts mehr anhaben würde.

6

Guten Abend, kleine Vagabundin.« Der alte Pino ließ sich schwerfällig zu Angelica auf die Bank fallen. Anstelle einer Antwort fischte sie ein Bier aus der Kühlbox hinter sich und reichte es ihm. Mit einem Feuerzeug hebelte er geschickt den Kronkorken vom Flaschenhals, nicht weniger geschickt machte sie es ihm nach. Sie stießen schweigend an, nur das gläserne Klirren hing zwischen ihnen in der milden Abendluft. Obwohl es erst Mitte Mai war, konnte der Sommer kaum abwarten, endlich loszulegen.

Seit einem Dreivierteljahr lebte Angelica in Boškos ehemaligen Wohnwagen und fühlte sich dabei so, als habe sie nie anders gelebt. Denn der zumindest in der Theorie bewegliche Wohnsitz verlieh ihrem Leben genau die provisorische Note, die sie noch immer empfand. Zwar hatte sie sich inzwischen in ihrem Kleinstadtleben hervorragend eingerichtet, doch sie war dennoch noch nicht bereit, sich sesshaft zu fühlen. Noch immer fehlte ihr jede Erinnerung an ihre Vergangenheit.

»Na, wie war dein Tag?«

»Ganz okay.«

Auch nach ihrem Weggang aus Boškos Putzkolonne hatte sie entschieden, die Arbeit als Putzfrau beizubehalten. Der einfachste Weg, um sich ein neues Leben aufzubauen.

Natürlich gab es hier wie überall Leute, die über sie die Nase rümpften. Aber das störte sie nicht. Auch über das Mitleid, das man ihr manchmal entgegenbrachte, konnte sie nur den Kopf schütteln. Niemand außer ihr wusste, was ihr ihre Arbeit wirklich bedeutete. Wie sehr sie es liebte, jedes Mal aufs Neue Chaos in Ordnung zu verwandeln. Wobei ihr die Regelmäßigkeit der Handarbeit genau die meditative Konzentration verlieh, die sie brauchte, um ihre eigenen Gedanken zu ordnen.

Neugierig war sie noch immer. Aber sie hatte gelernt, ihren Wissensdurst geduldig zu kanalisieren. Der Wunsch zu verstehen, was sie sah, ließ sie zuhören, wann immer es ging. Ihre engelsgleiche Geduld wirkte dabei einladend wie eine starke Hand, die sie jedem neuen Gegenüber vorbehaltlos reichte. Die Geschichten kamen so fast völlig allein zu ihr. Unzählige hatte sie in den letzten Monaten aufgenommen und obwohl sich manche glichen, war jede anders.

Schnell hatte sie gelernt, dass Zuhören und Erzählen nur Hand in Hand gingen. Die Berührung war immer gegenseitig und wo eine Berührung war, da entstand eine Beziehung, etwas, das verband, vielleicht sogar verpflichtete.

Manchmal stellte Angelica kleine Fragen, um das erste Eis zu brechen. Doch meistens genügte es völlig, einfach nur zu schweigen. Die meisten Leute sprachen sowieso am liebsten von sich selbst.

Konkrete Ratschläge oder Antworten auf Lebensfragen erwarteten sie von ihr so gut wie nie. Und wenn doch, dann lenkte sie die Frage behutsam auf den Fragenden zurück. Denn in jeder Frage schlummerte bereits die Antwort. Man musste nur den alten Schutt beiseite räumen, um den Blick wieder frei zu bekommen.

Ihre ersten Kunden waren die Wagners. Angelica war gerade erst bei Pino eingetroffen, als ein seltsamer Zwischenfall sie mit ihnen zusammenführte.

Täglich schickte der Alte sie mit kleinen Aufträgen in den Ort. Einen Brief einwerfen, Brot oder Gemüse kaufen, einem Bekannten ein geliehenes Werkzeug zurückbringen. »Damit du dir ein Bild von deiner neuen Umgebung machen kannst«, erklärte er ihr augenzwinkernd.

Aber sie hatte recht schnell durchschaut, dass das nur die halbe Wahrheit war. Es ging ihm vor allem darum, dass sich die Leute auch ein Bild von ihr machen konnten.

Im Ort hatte Pino geschickt für eine passende Legende gesorgt, um ihre Anwesenheit zu erklären. Sie sei die Tochter einer Frau, die er mal vor Langem gekannt habe, erzählte er überall herum und versäumte nie ein melancholisch geseufztes ›Sehr gut gekannt habe‹ hinzuzufügen. Genug Andeutung, um damit die Fantasie der Leute zu beflügeln. Genug Freiraum, um allen die Möglichkeit zu geben, sich eine eigene Version der Wahrheit zusammen zu spinnen, die ja bekanntermaßen sowieso die Version ist, die am glaubwürdigsten erscheint. So oder so, Angelicas Anwesenheit wurde von niemandem in Frage gestellt. Und wo keine Fragen gestellt wurden, ließ es sich bequem und sicher leben.

Auf einem dieser Botengänge traf sie Chris. Eigentlich war es eine ganze Gruppe von Kindern, der sie begegnete. Lachend und feixend standen sie an einer Kreuzung und warteten darauf, dass die Fußgängerampel auf Grün umsprang. Der größte von ihnen hielt einen Fußball unterm Arm. Er schien der Anführer zu sein, denn die anderen blickten immer wieder gespannt in seine Richtung. Aber der Junge, auf den sich Angelicas Aufmerksamkeit konzentrierte, war deutlich jünger, eher unscheinbar und von auffallend zarter Statur. Im Vergleich zu den anderen wirkte er nahezu zerbrechlich.

Die Ampel ließ sich lange Zeit. Der Strom der Autos riss nicht ab. Einige LKWs donnerten bedrohlich nah am Bordstein vorbei und so trat der Junge, den sie im Blick hatte, einen Schritt zurück. Dem Großen war die Bewegung seines kleinen Begleiters ebenfalls nicht entgangen. Ein willkommener Anlass, um die eigene Stärke auszuspielen.

»Hey, Chris hat Schiss!«, überbrüllte er den Straßenlärm. »Chris ist ein Hosenscheißer.«

»Selber Hosenscheißer!«, konterte der Kleine mehr trotzig als mutig und trat einen Schritt auf den Größeren zu.

»Na, lass gut sein, Kleiner.« Beifall heischend sah sich der Große in seiner Anhängerschaft um. Als er sich der ungeteilten Aufmerksamkeit aller sicher war, lächelte er in die Runde. »Solange du noch Windeln trägst, macht das ja nix.«

Die anderen Jungs begannen zu grölen. Am lautesten die, die selbst kaum größer als der Verhöhnte waren.

Endlich schlug die Ampel um, die Gruppe setzte sich in Bewegung und überquerte die Fahrbahn. Nur Chris blieb stehen. Angelica sah, dass er mit den Tränen kämpfte. Ohne Zweifel, er wollte dazu gehören, doch der Preis für einen Platz in der Gruppe war Selbsterniedrigung und dafür stand ihm sein Stolz im Weg.

Inzwischen wurde es für die Autos wieder grün. Die Jungs hatten Chris' Abwesenheit bemerkt und waren stehen geblieben. Angelica stellte sich neben ihn. Sie konnte spüren, wie er hin und her gerissen zu den anderen hinüber starrte.

»Was ist, Chris?«, meldete sich der Anführer und grinste herausfordernd. »Angst, allein über die Straße zu gehen?«

Nur wenige Autos fuhren vorüber. Jedes seiner Worte war klar und deutlich zu verstehen.

»Hosenscheißer!«, echote ein weiterer Junge. Alle lachten.

Ein gewaltiges Zittern durchfuhr Chris' kleinen Körper. Mit einem heftigen Ruck löste er sich aus seiner Starre und setzte den ersten Fuß auf den Asphalt.

In diesem Augenblick passierte es. Angelica hörte den entsetzten Aufschrei der anderen Jungen nicht, der beinahe zeitgleich ihren weit aufgerissenen Mündern entfuhr. Sie sah nicht den panischen Blick des Lastwagenfahrers, der mit beiden Füßen auf die Bremsen trat. Auch das ungläubige Augenpaar der nur wenige Meter von ihr entfernten Passantin bemerkte sie nicht.

Es war, als ob direkt vor ihren Augen etwas zerriss. Als ob sich die Realität direkt vor ihren Augen teilte. In eine Hälfte, in der alles zum Stillstand kam, und eine andere Hälfte, in der sich die Ereignisse überschlugen und ein gigantisches Ungeheuer aus glänzendem Stahl und rauchendem Blech auf den Körper eines kleinen Jungen stürzte, um ihm sein Leben aus dem Leib zu quetschen. Sie sah eine leblose Puppe auf der Straße liegen, ein blutiges Bündel aus zerschmetterten Knochen und Fleisch, zusammengehalten von zerrissenen Lumpen.

Eine noch nie dagewesene Wut stieg in ihr auf. Ein Aufbegehren, das sie packte. Und im selben Augenblick spürte sie Chris' zarte Schulter unter ihrer Hand und riss den Jungen zurück.

Erneut begannen Zeit und Verkehr zu fließen, als wäre nichts geschehen. Es war nichts geschehen. Fast nichts. Bis auf die Tatsache, dass sie soeben dem Lauf der Dinge eine andere Wendung gegeben hatte.

Überrascht blickte Chris zu ihr auf. Große ahnungslose Kinderaugen. Augen, die nichts von dem wussten, was sie soeben gesehen hatte.

»Hallo«, sagte Angelica und ging vor ihm in die Hocke, ihr Gesicht auf der Höhe des Jungen. »Alles klar bei dir?«

Er starrte sie immer noch verblüfft an.

»Willst du nicht zu deinen Freunden?«, fragte Angelica und wies auf die Fußgängerampel, die gerade erneut auf Grün gesprungen war.

»Nö.« Voller Trotz verzog er das Gesicht. »Hab's mir anders überlegt. Ich will lieber nach Hause.«

Angelica nickte. »Ist das weit von hier?«

»Nicht weit. Ich muss einfach nur da lang gehen. Und hinter der Kurve geht's nach links.« Er zeigte die Straße hinunter.

»Ich kenne mich hier noch nicht so gut aus«, erklärte sie ihm. »Darum gehe ich gerade spazieren, um den Ort besser kennenzulernen. Darf ich dich begleiten?«

»Weiß nicht. Ich darf eigentlich nicht mit Fremden sprechen.«

Chris musterte sie von der Seite. Seine Eltern hatten ihm oft erzählt, dass es gefährlich war, mit Fremden zu sprechen. Allerdings sah diese junge Frau überhaupt nicht gefährlich aus. Eher wie ein Mädchen. Wenn sie ihn anlächelte, hatte sie die gleichen Grübchen wie seine Cousine Mara. Auch ihre Augen blitzten genauso schelmisch wie bei ihr. Es konnte ja nichts schaden, wenn sie eine Weile neben ihm herlief, dachte er.

»Ich wohne zusammen mit Mama und Papa und Lars und Antonia«, plapperte er munter darauf los. »Ich hätte so gerne einen Hund. Aber Mama sagt, das geht nicht, weil sie und Papa so viel arbeiten und keine Zeit haben. Dabei würden Antonia und ich uns ganz viel um ihn kümmern. Lars nicht, der ist immer in der Schule oder bei seinen Freunden. Nach dem Sommer komme ich auch in die Schule. Aber trotzdem würde ich mich um ihn kümmern.«

Sie hatten gerade Chris' Haus erreicht, als seine Mutter herausstürmte und ihn in ihre Arme riss.

»Oh, mein Gott!«, schluchzte sie ergriffen und drückte ihn so fest, dass er kaum Luft bekam. Erst als er sich unbehaglich in ihren Armen wand, ließ sie ihn wieder los. Schließlich wischte sie sich beschämt eine Träne aus ihren Augenwinkeln und wandte sich an die Frau, die etwas unschlüssig daneben stand.

»Ich weiß gar nicht, wie ich Ihnen danken soll.« Ihre Stimme zitterte. »Eine Bekannte hat mich soeben angerufen. Sie sagte, dass Chris fast auf die Straße gerannt wäre, direkt vor einen Laster, und dass eine Frau ihn gerade noch zurückgehalten hat. Ich mag mir überhaupt nicht vorstellen, was hätte passieren können ... entsetzlich. Ich weiß überhaupt nicht, was ich sagen soll. Ich bin sprachlos.«

Plötzlich änderte sich ihre Stimmung und sie lachte.

»Für jemanden, der nicht weiß, was er sagen soll, rede ich unglaublich viel, nicht wahr? Und dabei vergesse ich das Wichtigste.«

Sie legte ihre Arme um die junge Frau und zog sie an sich. »Danke, dass Sie meinen Jungen gerettet haben. Danke, dass Sie ihn nach Hause gebracht haben. Danke, danke, danke.«

Chris' Mutter entließ die Lebensretterin ihres Sohns aus der Umarmung, um sie in Ruhe zu betrachten. Sie stutzte. Einen kurzen Moment lang schien sie irritiert.

»So was Verrücktes«, sagte sie. »Sie erinnern mich an jemanden. Aber ich komme einfach nicht drauf, an wen.«

»Das ist Angelica«, fiel ihr Chris ins Wort. »Sie ist neu hier.«

»Oh, Entschuldigung. Und ich bin Cornelia Wagner«, sagte Chris' Mutter. »Aber bitte, sagen Sie Cornelia zu mir.«

»Chris hat mir ein wenig den Ort gezeigt«, sagte Angelica und zwinkerte Chris komplizenhaft zu.

»Das hast du gut gemacht, mein Schatz.« Cornelia strubbelte ihm liebevoll durchs Haar. Und an Angelica gewandt: »Wollen Sie nicht reinkommen?« Sie wies zur Tür.

»Gerne«, sagte Angelica und folgte ihr ins Haus.

Im Flur stiegen sie über volle Supermarkttüten, die Cornelia einfach stehen gelassen hatte, als ihr Telefon geklingelt hatte.

»Entschuldigen Sie die Unordnung«, sagte sie und schob ihren Gast in die Küche. »Unser Haus ist ein Chaos. Mein Mann und ich sind beide berufstätig, da bleibt einfach zu viel liegen.«

Hektisch hechtete sie zurück in den Flur und kam mit zwei Einkaufstüten zurück.

»Ich mach uns einen Kaffee, ja?« Ohne eine Antwort abzuwarten, stellte sie die Tüten auf den Tisch und begann, in einem der Küchenschränke herumzukramen. »Mist, die Kaffeefilter sind aus. Geht auch Tee?«

Während der Wasserkocher brodelte, holte sie auch die restlichen Einkäufe heran, verteilte alles auf Kühlschrank und Vorratskammer und bemühte sich, wenigstens dem Anschein nach, etwas Ordnung in den Raum zu bringen. Schnell warf sie benutzte Teller und Besteck in den Geschirrspüler, stapelte eilig bunte Werbeflyer und alte Zeitungen auf der Fensterbank und klaubte einige Matchbox-Autos vom Boden auf, die sie Chris in die Hand drückte, mit dem Auftrag, diese im Kinderzimmer verschwinden zu lassen. Wie eine Rakete stob der Junge davon, um nur Sekunden später erneut in der Küche zu sein.

»Bitte, setzen Sie sich doch.« Schließlich füllte Cornelia zwei Tassen mit heißem Wasser auf, warf je einen Teebeutel dazu und ließ sich ihrem Gast gegenüber erschöpft auf einen Hocker sinken. »Zucker? Milch? Chris, hol doch mal ein paar Kekse.«

Der Junge ließ sich nicht zweimal bitten, flitzte davon und kehrte mit einer großen Dose zurück, die er Angelica geöffnet vors Gesicht hielt.

»Es tut mir so leid, dass ich nicht auf Besuch vorbereitet bin«, seufzte Chris' Mutter. »Manchmal wird mir das alles einfach zu viel.«

Sie schüttelte den Kopf und warf einen Blick auf ihren Sohn. »So etwas wie heute mit Chris dürfte nicht passieren. Es ist meine Schuld. Ich sollte mehr Zeit für die Familie haben.« Betrübt blickte sie in ihre Tasse. »Eigentlich brauche ich dringend jemanden, der mir im Haushalt hilft. Eine Putzfrau wäre schon eine Entlastung.«

»Angelica kann uns doch helfen«, platzte Chris dazwischen.

»Aber nein, Schatz, das geht doch nicht. Dafür hat sie sicher keine Zeit«, beeilte sie sich, den Vorwitz ihres Jüngsten zu entkräften. Und an ihren Gast gewandt: »Bitte, entschuldigen Sie.«

»Aber wieso denn?« Angelica lächelte. »Eigentlich suche ich genau nach einem Job wie diesem.«

So wurden die Wagners zum Grundstein in Angelicas neuem Leben. Denn durch Cornelia Wagners begeisterte Empfehlungen gewann sie mühelos weitere Kunden hinzu.

»Morgen lerne ich eine neue Kundin kennen«, erklärte sie Pino. Mit wohlwollendem Nicken quittierte dieser ihre Mitteilung und hob beglückwünschend seine Flasche.

»Wer ist es denn?«

»Eine Frau Ehrhardt.« Angelica verschränkte ihre Beine zum Schneidersitz. »Kennst du sie?«

»Ehrhardt?« Nachdenklich nahm der Alte einen tiefen Zug. Er kannte alle im Ort, brauchte nur manchmal etwas länger, um sein Gedächtnis zu durchforsten. Schließlich nickte er. »Aber ja doch. Die lebt noch?«

»Chris' Mutter hat sie mir empfohlen.«

Pino grinste. »Du bist die einzige Putzfrau auf der Welt, die sich ihre Kunden aussucht und nicht andersherum. Na, dann lass uns anstoßen.«

Synchron hoben sie ihre Flaschen, tranken und ließen den herben Geschmack verebben, bevor sie ihr Gespräch fortsetzten.

»Wie ist sie denn so?«, fragte Angelica.

»Ist ne feine alte Dame«, bestätigte Pino Cornelia Wagners Aussage.

»Alt?«

»Sehr alt.« Pino zwinkerte ihr zu. »Ich bin sicher, sie hat dir viel zu erzählen.«

7

Zum zweiten Mal schon drückte Angelica den Klingelknopf. Nichts passierte.

Vielleicht hört die alte Dame nicht mehr so gut, dachte sie. Immerhin war sie schon in den Neunzigern. Sie klingelte erneut und lauschte gebannt auf nahende Schritte.

So zierlich wie ein Puppenhaus erschien ihr das Gebäude aus den fünfziger Jahren. Leicht angegraut, aber penibel gepflegt von der scherengeschnittenen Rasenkante bis zum letzten schwarzroten Dachziegel. Es stammte noch aus einer Zeit, in der es zum guten Ton gehörte, Wohlstand nur bescheiden zum Ausdruck zu bringen.

Angelica wusste inzwischen genau, dass in solchen Häuschen oftmals alte Menschen wohnten. Den jungen waren sie meist zu eng, der Umbau zu kostspielig, die Kompromisse zu zahlreich. So alterten diese Häuser gemeinsam mit ihren Bewohnern, meist abseits vom Lärm der Hauptstraßen und Neubaugebiete. Ein bisschen wie bei einem Versteckspiel, wobei es um nicht weniger ging, als um die Kunst zu überleben und sich möglichst lange seine Würde und Selbstbestimmung zu bewahren.

Sie klingelte ein drittes Mal und diesmal wurde die Tür geöffnet.

»Schön, dass Sie da sind. Sie sind bestimmt Angelica.« Charlotte Ehrhardt hielt ihr einladend die buntverglaste Eingangstür auf. »Bitte kommen Sie rein.«

Angelica trat gespannt über die Schwelle und stand auf einmal mitten in einem fremden Leben. Die Flut der auf sie einstürmenden Bilder war so gewaltig, dass ihr für einen Moment die Luft wegblieb.

Sie war leicht benommen, während sie ihrer Gastgeberin durch den halbdunklen Flur folgte, dessen Wände sich so eng gegenüberstanden, als wären sie im Laufe der Jahre näher zusammengerückt. Auf einer Kommode thronte auf altrosafarbenem Brokat ein altmodischer Telefonapparat und wartete auf seinen Einsatz. Nicht der einzige Gegenstand, der in diesen vier Wänden noch immer an seinem ursprünglichen Nutzen festhielt, obwohl er längst einen dekorativen Status erreicht hatte. Denn die Außenwelt, mit der dieses Telefon seine Besitzerin einstmals verband, existierte wie ihr langes Leben fast nur noch als Erinnerung. Davon zeugte auch die umfangreiche Galerie dicht aneinander gedrängter Reiseandenken, die bis zur Decke reichte: Gerahmte Postkartenansichten von Schwarzwaldtälern und schneebedeckten Alpengipfeln, kitschige Sonnenaufgänge auf Keramiktellern, Windmühlenidyllen auf Delfter Kacheln, edelweißverzierte Miniatur-Kuhglocken, eine vergilbte Plastikmöwe, Strohblumen sowie ein frech grinsender Troll aus Norwegen.

»Sie trinken doch sicher einen Tee mit mir?«

Frau Ehrhardts ruhige Stimme war in dieser überfüllten Enge ein Rettungsseil, nach dem Angelica dankbar griff.

»Bitte hier entlang.«

Der schmale Flur mündete im Wohnzimmer. Patschuligeruch hing in der Luft. Mit einer freundlichen Geste bat die alte Dame Angelica, auf dem Sofa Platz zu nehmen. Sie selbst ließ sich auf einem gegenüberstehenden Sessel nieder. Doch kaum, dass sie saß, sprang sie auch schon wieder auf.

»Ach herrje, der Tee. Bitte bleiben Sie sitzen, meine Liebe.«

Überraschend flink huschte sie zurück in den Flur, um nur wenige Minuten später mit einem Tablett zurückzukehren, auf dem sie zittrig ein Teeservice ins Wohnzimmer balancierte.

»Darf ich Ihnen zur Hand gehen?«

Ohne eine Antwort abzuwarten, nahm ihr Angelica das Tablett ab, verteilte das Geschirr auf dem Wohnzimmertisch und schenkte ihnen beiden Tee ein. Frau Ehrhardt nickte ihr dabei wohlwollend zu. Und während sie an ihrem Tee nippten, portionierte das Ticken einer Standuhr die Stille in gleichmäßig große Stücke.

Angelica sah sich um.

Durch das Laub der Bäume vor dem Wohnzimmerfenster floss das Nachmittagssonnenlicht grün gefärbt in den Raum. Das Lindgrün der Polstermöbel leuchtete auf, das dunkle Holz der Möbel glänzte. Ein Usambaraveilchen auf dem Tisch verströmte seinen erdigen Geruch. Wie zugewachsen erschien Angelica dieses Wohnzimmer, in dem es keine freie Fläche mehr gab. Überall Bilder, kleine und große Figuren, Dosen, Schatullen, Gegenstände, deren geheime Bedeutung sich dem fremden Betrachter entzog. Dazwischen Regale, übervoll mit Büchern, eine Vitrine, eine Kommode, verziert durch aufwendige Intarsien in floralen Mustervariationen. Jedes noch so kleine Ding hatte hier seinen festen Platz.

Angelica erkannte, ihre Aufgabe – sollte sie sich darauf einlassen – würde ein ständiger Kampf gegen Staub und Vergessen sein.

»Ab wann fangen Sie an?«

Die alte Dame hatte sich offensichtlich bereits für sie entschieden. Angelica freute sich. So lief es immer, wenn sie eine neue Verbindung einging. Es war stets Vertrauen auf den ersten Blick. Dennoch nannte Angelica ihr formhalber ihre Konditionen und bot zwei Termine zur Auswahl.

Frau Ehrhardt strahlte zufrieden.

»Fantastisch, dann kommen Sie gleich morgen Nachmittag vorbei und legen los.«

»Sehr gerne.«

»Aber jetzt haben Sie doch auch noch ein wenig Zeit, oder?« Die alte Frau schob das kleine Schälchen mit den Keksen in Angelicas Richtung und blickte sie auffordernd an.

»Aber natürlich.« Angelica rückte näher. Frau Ehrhardt gefiel ihr.

»Wie Sie vielleicht wissen, ist mein Mann vor Kurzem verstorben«, eröffnete Frau Ehrhardt das Gespräch. Über Angelicas Geste des Bedauerns lächelte sie traurig hinweg.

»Ach, wissen Sie, meine Liebe, wenn man so alt geworden ist, wie wir ... ich, dann überrascht einen der Tod nicht mehr. Nicht, dass ich meinen lieben Mann nicht vermisse, im Gegenteil, er fehlt mir unsagbar. Aber ich weiß, dass ich ihm bald nachfolgen werde.«

Einen Moment hielt sie inne, als suche sie nach dem richtigen Wort, um an das bisher Gesagte anzuknüpfen.

»Wir hatten so viele gemeinsame Jahre. Wir hatten mehr als die meisten Menschen. Sich zu beschweren, wäre wirklich mehr als undankbar.«

Versonnen rührte sie in ihrem Tee, als hole sie dadurch lang Vergangenes hervor.

Angelica hatte sich nicht getäuscht. Ihre Aufgabe bei der alten Dame war klar: Sie würde ihr die zu ihren Erinnerungen passenden Stichworte liefern.

»Haben Sie Kinder?«, fragte Angelica.

»Leider nein, dieses Glück hatten wir nicht. Dabei war es viele Jahre lang mein sehnlichster Wunsch. Ich liebe Kinder. Ich wollte sogar Lehrerin werden. Mein Vater war Lehrer.«

Frau Ehrhardt erzählte weiter. Dass ihr Mann und sie vor einigen Wochen noch ihren siebzigsten Hochzeitstag gefeiert hatten, bevor er plötzlich verstarb. Dass sie sich seitdem deutlich kraftloser fühlte und so auf die Idee gekommen war, sich eine Haushaltshilfe zu suchen. Angelica sei ihr von einer lieben Bekannten empfohlen worden.

»Aber sagen Sie, meine Liebe«, die Seniorin legte ihren Löffel auf die Untertasse und lehnte sich zurück. »Kennen wir uns vielleicht von irgendwoher? Sie kommen mir so bekannt vor.«

Wie immer in solchen Momenten errötete Angelica auch diesmal. Weder konnte sie einer solchen Vermutung widersprechen noch zustimmen. Noch immer wusste sie viel zu wenig von sich selbst.

»Vielleicht haben wir uns beim Einkaufen getroffen? Der kleine Supermarkt am Ortseingang, den besuche ich oft.«

»Mmh, kann schon sein.«

Angelica unterbrach Frau Ehrhardts nachdenkliches Schweigen, indem sie zaghaft das Ende ihres Kennenlernbesuches einleitete. Sie rutschte unruhig auf ihrem Platz herum und stellte die Beine bereits zum Gehen auf.

Die alte Dame war Gastgeberin genug, um diese Zeichen zu lesen. Sie erhob sich als Erste.

»Schön, dass Sie da waren. Dann sehen wir uns morgen.«

8

Angelica las routiniert in den Dingen, die andere um sich herum ansammelten. Möbel, Fotos, CDs, Bücher und sogar der Kühlschrank halfen ihr dabei, genaue Profile zu erstellen. Und durch die Gespräche, die meistens folgten, vervollständigte sich ihr bereits skizziertes Bild. Die Menschen vertrauten ihr und erzählten ihr viel.

Nur bei Anne war alles anders. Anne, deren Wohnung einem Buch mit leeren Seiten glich.

Über Tobias Wagner, Chris' Vater, hatte Angelica zu ihr gefunden. Der Familienvater hatte bei Angelica ein gutes Wort für die junge Kollegin eingelegt. Sie stehe unter Stress, sodass ihr alles über den Kopf wuchs, hatte er erklärt.

Seine Sorge hatte Angelica berührt. Anne zu helfen, hieß Tobias zu helfen, und so sagte sie nach kurzem Zögern zu.

Über ihn kam Angelica an Adresse und Wohnungsschlüssel. Anne selbst war nicht zu Hause, als sie deren Wohnung das erste Mal betrat. Sie sei auf Dienstreise, erklärte Tobias verlegen. Wie vereinbart lagen eine To-do-Liste und ein Umschlag mit Geld auf dem Küchentisch bereit.

Einmal in der Woche war sie seitdem bei Anne gebucht. Drei Stunden Rundumputz, ab und an kleine Sonderaufträge. Viel Schmutz erwartete sie in der spartanisch eingerichteten Wohnung nie. Anne schien diese kaum zu benutzen. Schlafzimmer und Bad waren die einzigen Räume, für die sie Verwendung hatte. In Küche und Wohnzimmer sammelte sich vor allem Staub. Nichts wies darauf hin, dass Anne über ihre Arbeit hinaus ein anderes Interesse pflegte. Auf den ersten Blick lebte sie überhaupt kein richtiges Leben. Ihr Ordnungs- und Strukturzwang war offensichtlich.

Angelicas Neugier war geweckt.

Zu Angelicas Aufgaben gehörte es unter anderem, für ihre rätselhafte Auftraggeberin regelmäßig zur Reinigung zu gehen. Sobald auf dem Küchentisch ein Abholschein bereit lag, ging sie zu der kleinen Wäscherei am Ende der Straße und löste ihn ein. Die von einer knisternden Folie umhüllten Kleidungsstücke trug sie in Annes nichtssagende Wohnung und hängte sie dort in den Schlafzimmerschrank. Hier warteten sie, geordnet wie Soldaten, in Reih und Glied, auf ihren nächsten Einsatz. Anzüge und Kostüme, Hosen, Röcke und Blusen, alle in gedeckten Farben und gediegenen Schnitten, Alltagsuniformen, eines wie das andere.

Anne selbst blieb weiter verborgen. Sie ließ sich nicht durch das erklären, was sie so sparsam von sich preisgab. Ihre Unsichtbarkeit war ihr auffälligstes Merkmal.

Um Annes Geschichte zu entdecken, würde Angelica ihre bisherige Vorgehensweise ändern müssen. Da es kaum Indizien gab, war sie auf Vermutungen angewiesen. Auf Intuition. Darauf, Vertrautes durch Vertrautes zu erschaffen.

Die vergangenheitslose Einrichtung verriet, dass ihre Bewohnerin gründlich ausgemistet hatte. Angelica begriff, wer so rigoros sein bisheriges Leben entrümpelt hat, wollte nichts behalten, das ihn irgendwie an Vergangenes erinnern konnte. Kein einziges Familienfoto war zu sehen, nicht das kleinste Andenken zu erkennen. Die meisten Schränke waren leer. Die Wohnung glich einem Wartezimmer. Anne war eine Reisende, die über dem Warten und Planen der Reise, den Absprung längst verpasst hatte. Schlimmer noch, sie war wie jemand, der die Reise selbst vergessen hatte.

Vielleicht hielt sie sich auch für längst angekommen. Doch Angelica war sich sicher, dass Anne sich irrte. Dass sie Struktur mit Inhalt verwechselte, Enge mit Fülle und Leere mit Freiheit. Ihr Leben war nicht stabil. Es war nur von Strukturen so stark überkrustet, dass Anne sich kaum noch bewegen konnte. Ein fester Panzer, den es aufzusprengen galt.

Große Taten würden dafür nicht reichen. Sie würden Anne nur verschrecken und in die Defensive drängen. Etwas Stärkeres musste her. Etwas Kleines. Je kleiner, desto besser. Etwas, das so klein und mächtig war wie ein Samenkorn, das man unbemerkt in rissige Erde legte und darauf wartete, bis es aufging.

Als Anne an einem Freitagabend übermüdet durch ihre Wohnungstür trat, spürte sie sofort eine Veränderung. Ein verwirrendes Getöse aus Düften hatte von ihrer Wohnung Besitz ergriffen. Eine tiefe Honigsüße vermischt mit heiteren Zitrusaromen lockte sie ins Wohnzimmer. Dort machte sie die nächste Entdeckung. Ein gutes Dutzend gelber Narzissen glühte ihr in einer blauen Vase entgegen.

Anne starrte fassungslos auf die Eindringlinge, die so verschwenderisch mit Duft und Farbe um sich warfen. Es dauerte eine Weile, bis sie die Grußkarte entdeckte, die jemand neben der Vase abgelegt hatte.

»Ein kleines Hallo zum Frühlingsanfang, Ihre ›Perle‹ Angelica«, stand darin zu lesen.

»Was soll das!?«

Annes Empörung war aufrichtig. Zugleich war sie überrascht. Wie konnten ein paar nette Worte und Blumen sie derart aufbringen? Über den Gedanken geriet sie noch mehr in Wut, trat entschlossen an den Strauß heran und riss ihn aus der Vase.

Erst in der Küche kam sie zur Besinnung.

»Die Blumen sind wirklich wunderschön«, dachte sie und erstarrte ratlos über dem offenen Biomülleimer. »Das Schönste, was ich seit langem zu Gesicht bekommen habe.« Diese Einsicht traf sie wie eine Ohrfeige.

Einen Moment lang rang sie um einen Ausweg. Die Blumen waren es nicht, die sie störten. Es war die Indiskretion ihrer Putzfrau.

Verpflichtete sie dieses Geschenk von einer Fremden zu etwas?

Bis jetzt hatte sie nie das geringste Interesse daran besessen, diese Angelica persönlich kennenzulernen. Im Gegenteil. Gerade die Unkompliziertheit ihres Verhältnisses, das ausschließlich auf dem Dienstleistungsgedanken basierte, hatte ihr gefallen. Schon oft hatte Anne sich gewünscht, menschliche Beziehungen generell auf klare Vereinbarungen reduzieren zu können. Wie einfach und konfliktfrei ließe es sich mit seinen Mitmenschen aushalten, könnte man auf alle überraschenden Emotionen und unberechenbaren Reaktionen verzichten.

Bisher war sie völlig zufrieden damit gewesen, wie gut Angelica ihre Wünsche interpretiert hatte und dabei völlig unsichtbar geblieben war. Wieso sollte sie diese Beziehung dadurch gefährden, indem sie die andere kennenlernte? Alles lief perfekt, so wie es lief.

Sie würde auf das Geschenk reagieren, höflich, aber so unverbindlich wie möglich. So wie man auf die Frage, wie es einem geht, mit ›gut‹ antwortet, um nichts zu sagen.

Mit sich zufrieden trug sie die Blumen wieder ins Wohnzimmer und stellte sie zurück ins Wasser. Sie konnte das Lachen der Narzissen fast hören und so streichelte sie zärtlich über die leuchtenden Köpfe.

»I wandered lonely as a cloud
That floats on high o'er vales and hills
When all at once I saw a crowd
A host, of golden daffodils
Beside the lake, beneath the trees
Fluttering and dancing in the breeze.«

Von ganz alleine flossen ihr die Worte aus dem Mund, so natürlich wie der Duft aus den Blumen strömte. Die Erinnerung war plötzlich da. Wehrlos ließ sich Anne auf die Couch sinken. Aber sie wollte sich auch gar nicht wehren. Diese Zeilen waren kostbar. Wie sehr hatte sie dieses Gedicht von Wordsworth immer geliebt. Wie sehr liebte sie es immer noch. Ob sie es vollständig zusammenbrachte?

Silbe um Silbe, Reim um Reim deklamierte sie weiter, berauschte sich selbst am Klang ihrer Stimme.

»And then my heart with pleasure fills
And dances with the daffodils.«

Noch nie hatte ein Gedicht in ihrem Leben so gepasst wie in diesem Moment. Noch nie hatten Worte in ihrem Leben eine so tief verborgene Sehnsucht gestillt.

Als Angelica in der kommenden Woche Annes Wohnung aufsuchte, lag neben dem üblichen Umschlag mit Geld eine Postkarte.

»Danke«, las sie. Aber noch mehr als über die schüchterne Antwort freute sie sich über das Motiv: van Goghs Mandelblüten.

9

Charlotte Ehrhardt stand die Ungeduld ins Gesicht geschrieben, mit der sie Angelica am nächsten Tag empfing. Sie begrüßte die junge Frau überschwänglich, zeigte ihr kurz, wo was zu finden war, und zog sich zurück. Doch nur, um wenige Minuten erneut um die Ecke zu schauen und sie zu fragen, ob sie irgendetwas brauche, ob sie zurechtkomme, ob sie noch Fragen habe.

In der penibel aufgeräumten Wohnung ging Angelica die Arbeit schnell von der Hand. Nach knapp zwei Stunden hatte sie den offiziellen Teil ihres Besuchs beendet. Es überraschte sie nicht, ihre Aufraggeberin im Wohnzimmer anzutreffen, den Tisch bereits mit Teegeschirr liebevoll eingedeckt.

»Sie haben doch hoffentlich noch etwas Zeit?«

Die Selbstverständlichkeit, mit der die Seniorin ihr Tee einschenkte, ohne eine Antwort abzuwarten, ließ keinen Zweifel an der reinen Rhetorik der Frage aufkommen. Schmunzelnd nahm Angelica ihren Platz auf der Couch ein, ihrer Gastgeberin gegenüber wie bei ihrem ersten Besuch.

»Ich kann mir nicht helfen, mein Liebe, aber sie erinnern mich wirklich an jemanden, den ich kannte. Na ja, in einem langen Leben trifft man eben auf viele Menschen und das Gedächtnis lässt einen dabei schon mal im Stich. Mögen sie einen Keks?«, fragte die alte Dame und schob das Gebäck näher an Angelica heran.

»Kommen Sie hier aus der Gegend? Wir sind erst in den Sechzigern hierhergezogen. Aufgewachsen bin ich in Mainz. Dort habe ich auch meinen Mann kennengelernt. Gerade einmal siebzehn Jahre alt war ich damals.« Frau Ehrhardt lachte hell auf. Die Vorstellung, so jung zu sein, erheiterte sie sichtlich. »Es war beim Maiball. 1939. Eigentlich kannten wir uns bereits vom Sehen, denn Paul lebte im gleichen Stadtteil. Aber wir hatten nie richtig miteinander gesprochen. Er war einige Jahre älter als ich und bis zum Ball hatte sich einfach keine Gelegenheit für ein Gespräch ergeben.

Anfang Mai gab es im Gemeindehaus einen Ballabend. Alle jungen Leute waren dort und mit meinen siebzehn durfte ich nun auch das erste Mal dahin gehen. Meine ältere Cousine Martha begleitete mich. Gleich beim ersten Tanz forderte Paul mich auf. Den ganzen Abend über wich er nicht mehr von meiner Seite. Als ich spät in der Nacht nach Hause kam, war ich so beschwingt und glücklich wie noch nie. Und als ich am nächsten Morgen wach wurde, da wusste ich, dass ich verliebt war.

Von da an trafen wir uns ständig. Meine Eltern mochten Paul. Er war ein junger Mann aus gutem Haus. Sein Vater war Arzt und Paul wollte auch einer werden. Auch seine Eltern hatten nichts gegen unsere Verbindung. Als wir uns nur zwei Monate später verlobten, waren alle glücklich. Nur heiraten durften wir noch nicht. Mit siebzehn war ich noch nicht volljährig und Paul war gerade erst einundzwanzig geworden. Aber das Warten fiel uns nicht schwer. Wir hatten ja noch ein ganzes Leben vor uns.

Wie einfach das alles klingt, nicht wahr? Wie naiv. Das waren wir natürlich. Aber wir waren so jung, wir durften noch naiv sein. Es war Teil unseres Glücks, nicht zu wissen, was noch alles kommen würde.

Es war der Sommer Neununddreißig. Natürlich gab es überall Hinweise auf den Krieg. Wie ein Gewitter zog er herauf, drohend, unheilvoll. Man musste schon blind sein, um die Zeichen zu übersehen. Aber wir waren verliebt und blind für die Welt um uns herum. Wie bei einem Gewitter hofften wir, es könne vielleicht noch vorüberziehen. Wir trugen unsere Zukunft in unseren Herzen. Wer, wenn nicht wir, hätte also das Recht gehabt, das Beste zu hoffen?

Ich weiß, was ihr jungen Leute heute in der Schule so lernt. Das deutsche Volk hätte dem Wahnsinn des Nationalsozialismus die Stirn bieten müssen. Keine Ahnung, ob es möglich gewesen wäre, das alles zu verhindern. Vielleicht, wenn man es früher versucht hätte. Wenn man wachsamer gewesen wäre. Mutiger. Aber mit siebzehn, nein, mit siebzehn, da interessierte mich das alles kaum. Meine Welt war rosarot. Alles, was mein Glück nicht berührte, existierte nicht.

Ich bin sehr behütet aufgewachsen. Als Einzelkind. Meine Eltern hielten vieles von mir fern. Erst später, viel später, begann mein Vater mit mir über die Gefahr, die von den Nazis ausgegangen war, zu sprechen.

Mein Vater war Oberstudienrat an einem Gymnasium. Ein äußerst gebildeter, sehr belesener Mann. Ein absolut beherrschter Mann. Nie übte er offen Sympathie oder Kritik an irgendeiner Politik. Zwar spürte ich instinktiv, dass er die Nazis aus tiefstem Herzen verachtete, aber er machte sie nicht zum Gesprächsthema. Das Private war ihm heilig. Sein Ziel war es, seine Familie, also meine Mutter und mich, wie eine kleine Arche sicher durch den Sturm der Zeit zu manövrieren. Dass er sich berufen fühlte, auch noch einige andere Dinge außer unserer Familie zu retten, das ahnte ich damals noch nicht.

Heute wünsche ich mir, er hätte schon damals mit mir gesprochen. Aber vermutlich hätte ich ihm nicht zugehört.

In der Nacht zum ersten September marschierten deutsche Truppen in Polen ein. Der Krieg hatte begonnen. Doch noch immer glaubte ich, es würde schnell vorbei gehen. Selbst als Paul im Mai Vierzig seine Einberufung erhielt, klammerte ich mich an die Vorstellung, es werde schon nicht so schlimm werden.

Immerhin durften wir jetzt endlich heiraten. Meine Eltern bestanden nicht mehr darauf, dass ich wartete, bis ich volljährig, also einundzwanzig, war. Ja, fast dankte ich dem Krieg, dass er Paul und mir zur früheren Hochzeit verhalf.

Eine kurze Zeremonie auf dem Standesamt. Mehr war nicht drin. Meine Mutter sprach davon, die richtige Feier schon bald nach dem Krieg nachzuholen. Ein hektisch arrangiertes Wochenende in Heidelberg wurde zu unserer Hochzeitsreise.

Heidelberg. Eine der schönsten Städte der Welt, für die wir allerdings kaum einen Blick übrig hatten. Wir erlebten zwei wie im Rausch weggeträumte Tage. Tage in der wirklichkeitsfernen Abgeschiedenheit eines kleinen Hotels mitten im Herzen der romantischen Neckarstadt. Während das Weltgeschehen sich unaufhaltsam zusammenbraute. Zwei Tage. Wenig Zeit, um eine Erinnerung zu schaffen, von der wir lange würden zehren müssen.

Direkt nach unserer Rückkehr musste Paul in die Kaserne. Bereits im Juni schickte man ihn nach Frankreich. Da saß ich nun, eine Ehefrau ohne Mann, in der Wohnung meiner Eltern. Die Zeit hatte nicht gereicht, um uns eine eigene Wohnung anzumieten. Äußerlich schien alles so zu sein wie zuvor. Aber nichts war wie zuvor. Nichts sollte mehr so sein wie zuvor. Nie mehr.«

Charlottes entrücktem Blick zur Uhr folgte ein fast mädchenhafter Aufschrei: »Huch, so spät ist es schon?! Jetzt habe ich Sie aber aufgehalten, meine Liebe. Bitte entschuldigen Sie. Aber wenn eine alte Frau, wie ich, ins Reden kommt, dann ist sie kaum zu bremsen.« Sie blinzelte listig und Angelica erkannte amüsiert, dass die alte Dame ihren Cliffhanger ganz bewusst eingesetzt hatte.

Als sich die Frauen an der Tür verabschiedeten, stand ihnen beiden die Vorfreude auf die nächste Begegnung bereits in die Gesichter geschrieben.

10

Chris war alarmiert. Jemand wohnte im Nachbarhaus. So lange er denken konnte, hatte es leer gestanden. Das benachbarte Grundstück zu betreten, war ihm schon immer verboten gewesen. Natürlich hatte er sich daran noch nie gehalten. Im Vergleich zu der spießigen Rasenfläche, die seine Eltern Garten nannten, war das vernachlässigte Nachbargrundstück mit den alten Obstbäumen, den wilden Hecken und unkrautüberwucherten Beeten ein Abenteuerland. Nun würde es also noch aufregender werden, durch den Zaun zu schlüpfen.

Allerdings hatte noch niemand den neuen Nachbarn kennengelernt. Ebenso hartnäckig wie die Gartenpflege verweigerte er den Kontakt zur Außenwelt. So wucherte nicht nur sein Garten munter weiter vor sich hin, auch die Gerüchte um seine Person schossen wie Unkraut in die Höhe. Die Erwachsenen erzählten, der Mann wäre ein Professor. Man munkelte, er habe keine Familie, und sobald die Erwachsenen glaubten, Chris könne sie nicht hören, flüsterten sie etwas von Schicksalsschlag und Todesfall.

Für Chris stand fest: Dieser Kerl war verdächtig. Wieso lebte er völlig allein in so einem großen Haus? Wieso war er fast nie da? Mit diesem seltsamen Mann, dem noch nicht einmal seine hochkommunikative Mutter mehr als einen kurzen Gruß entlocken konnte, stimmte etwas nicht. Sein Geheimnis galt es aufzudecken. Versteckte der Professor einen Schatz in seinem Keller? Führte er nachts heimliche Experimente durch? Chris'

Fantasie war kaum zu bremsen. Seit Tagen schon umlauerte er das fremde Haus und plante, es zu betreten.

Wie an jedem Morgen unter der Woche verließ der Nachbar sehr früh sein Haus und fuhr davon. Chris wusste, dass er nie vor dem Abend, manchmal sogar erst nachts, zurückkehrte. Die Gelegenheit war günstig. Nun wollte er endlich den entscheidenden Schritt wagen.

Indem er so tat, als habe er Bauchschmerzen, erschwindelte er sich bei seiner Mutter einen kindergartenfreien Vormittag. Ein Kinderspiel, da sie ihn bei Angelica in guten Händen wusste und trotzdem beruhigt zur Arbeit fahren konnte. Kaum war sie weg, erklärte er, es gehe ihm besser, und verschwand mit dem Fußball unterm Arm in den Garten.

Ohne Zweifel, Angelica hatte ihn durchschaut, aber ihr gutmütiges Lächeln erteilte ihm Absolution. Alibimäßig kickte er den Ball mal hierhin und mal dorthin, um ihn schließlich mit voller Kraft über den Zaun zu schießen.

Was für ein geiler Schuss, dachte Chris, während er ihm hinterher sah. Der Ball beschrieb einen perfekten Bogen durch die Luft, prallte dann jedoch gegen die kleine Mauer, die die Veranda des Nachbarn begrenzte, und sprang ins Fenster. Für den Bruchteil einer Sekunde zerriss ein Klirren die Stille, gefolgt von einem dumpfen Schlag. Chris' Ball war durchs Fenster ins Haus gesaust.

Der Junge hielt den Atem an. Spätestens jetzt war ihm klar, dass ein Rückzieher keinen Sinn mehr machte. Auffliegen würde er in jedem Fall. Nun musste er sich unbedingt beeilen, um das Beste aus der Situation herauszuholen.

Blitzschnell schlüpfte Chris durch das Loch im Zaun, welches ihm schon hundertmal den Zugang ermöglicht hatte. Er flitzte quer über den Rasen und stand nur wenige Sekunden später auf der fremden Veranda. Dort blickte er überrascht auf das Fenster, durch das sein Ball soeben verschwunden war. Das Fensterglas war nicht zerbrochen. Der Nachbar hatte offensichtlich vergessen, das Fenster zu schließen. So war der Ball ungehindert ins Innere geflogen, hatte dem Klirren nach allerdings irgendetwas von der Fensterbank gefegt.

Chris zögerte nur kurz, bevor er von außen den Vorhang zur Seite schob und sich mit einem geschickten Schwung über die tiefe Brüstung schwang. Mit einem Satz stand er im Zimmer, mitten in den Überresten eines großen Blumentopfes. Es knirschte kurz unter seinen Turnschuhen. Weiße Scherben und schwarze Erde bedeckten weitflächig das blanke Parkett. Ein grüner Gummibaum lag auf dem Boden und starrte ihn vorwurfsvoll an.

Der erste Rundumblick war Enttäuschung pur. Ein Arbeitszimmer, dem seines Vaters nicht unähnlich. Ein Schreibtisch mit einem PC, ein Bürostuhl, dahinter ein hohes Regal. Keine mysteriösen Apparaturen oder Instrumente, keine versteckten Winkel oder schlecht einsehbare Ecken, keine geheimnisvollen Truhen oder Kisten. Ein heller aufgeräumter Raum. So nüchtern wie das Wartezimmer beim Arzt. Das einzig Auffallende waren die vielen Bücher, die die Einrichtung beherrschten. Jede Wand eine Regalfläche voller Bücherrücken, Bücher auf dem Schreibtisch, ein Bücherstapel auf dem Boden, Bücher überall.

Kopfschüttelnd ließ Chris seinen Blick durch das Zimmer wandern. Hier gab es keine Überraschungen. Auch in diesem Haus herrschte nur die übliche erwachsene Langeweile. Er war unzufrieden, durchquerte aber dennoch den Raum, um seinen Ball aufzuheben, der vor einem der Regale liegen geblieben war. Vor dem Regal ging er in die Hocke und strich eine Spur schwarzer Erde von der weißen Lederoberfläche.

»Hallo Chris.«

Wie ein Blitz fuhr Chris herum. Vor Schreck verlor er die Balance und landete auf dem Hosenboden. Vor ihm stand Angelica.

»Du?«, stammelte er. »Woher ...?«

Angelica hielt wortlos einen Schlüssel in die Höhe.

»Der liegt unter einem Blumentopf auf der Veranda. Für Notfälle.«

»Aber ...?«, stammelte der Junge erneut.

»Das hier ist doch ein Notfall, oder?«

Chris sah sich verlegen um, sah die Scherben, die Erde, den beleidigten Gummibaum ... »Na ja, ... nur ein bisschen vielleicht.«

Hinter Angelicas strenger Miene blitzte ein Lächeln auf, ganz kurz wie ein verirrter Sonnenstrahl hinter dichten Wolken. »Wollen wir den Notfall zusammen beheben?«

Erleichterung durchfuhr ihn. Sie würde nicht schimpfen. Dafür war sie viel zu lieb.

Gemeinsam holten sie Schaufel und Besen, Eimer und Putztücher. Angelica ließ Chris Erde und Scherben zusammenkehren. Die topflose Pflanze setzte er auf ihren Vorschlag hin in einen Eimer und trug sie nach draußen in den Garten. Ein bisschen nervös war er inzwischen schon. Er würde dem Nachbarn und seinen Eltern erklären müssen, was passiert war.

»Wir besorgen später einen neuen Topf, dann kannst du sie wieder einpflanzen«, erklärte Angelica ruhig und legte ihm tröstend eine Hand auf die Schulter.

»Bis alle heimkommen, ist schon so gut wie alles wieder in Ordnung gebracht.«

Chris nickte seinem Schutzengel dankbar zu.

»Alles wird gut. Geh schon mal heim«, sagte Angelica und nickte ihm aufmunternd zu. »Ich wisch hier nur noch schnell durch und komme gleich nach.«

Gut gelaunt machte sich die Frau an die Arbeit. Vor dem Eimer ging sie in die Knie, tauchte den mitgebrachten Lappen ins warme Wasser und wrang das überschüssige Nass aus. Einige Tropfen sprangen dabei über den Eimerrand. Mit der Unbekümmertheit der Unbeobachteten begann sie leise eine Melodie zu summen, ganz im Einklang mit ihren fließenden Bewegungen.

Doch sie war nicht unbeobachtet. Seit Minuten schon lehnte Rolf im Rahmen seiner Tür und betrachtete die Fremde in seinem Arbeitszimmer.

Ausgerechnet heute hatte er wichtige Unterlagen auf dem Schreibtisch liegen lassen und war daher kurz vor der Uni wieder umgekehrt. Er war spät dran, weshalb er die Haustür hektisch aufgesperrt hatte und in den Flur gestürmt war, dort hatte er plötzlich Geräusche gehört. Sie waren aus dem Arbeitszimmer gekommen, wo er das Fenster offen gelassen hatte! Natürlich war ihm sofort ein Einbruch in den Sinn gekommen. Seine Wut auf die vermeintlichen Eindringlinge hatte ihn völlig unempfindlich für jede Angst gemacht, weshalb er voller Zorn zum Tatort gestürmt war.

Und da stand er jetzt. Völlig verblüfft, weil das Bild, das sich ihm bot, in Nichts dem entsprach, was er erwartet hätte. Eine Szene wie aus dem Atelier eines alten flämischen Meisters, eines Vermeer oder Van Eyck. Anmutig in seiner Einfalt. Anrührend in seiner Einsamkeit.

Eine junge Frau kniend auf dem Boden fast wie zum Gebet, völlig in sich versunken, sich selbst genügend. Ihre Hände tauchten ins Wasser, tauchten ein und tauchten aus, zurückfallende Tropfen verklangen mit leisem Glucksen im Wassereimer. Das nasse Tuch in ihrer Hand platschte fröhlich über den glatten Boden, während sie leise sang. Nur Kindern gelingt es so im Einklang mit dem Jetzt zu sein, dachte er gerührt. Aller Zorn war verflogen und er wagte es kaum, sich zu bewegen, um den Zauber dieses Augenblicks nicht zu zerstören.

Schließlich erhob sich die Fremde und sah in seine Richtung. Das Überraschendste an ihrem Blick war, dass sie überhaupt nicht überrascht zu sein schien. Im Gegenteil. Ihr Lächeln hieß ihn in seinem eigenen Heim willkommen.

»Ich komme von nebenan, von den Wagners. Chris ist beim Fußballspielen ein kleines Malheur passiert.« Verlegen deutete sie auf den leeren Platz auf der Fensterbank. »Der Pflanze geht es gut. Aber den Topf hats erwischt. Sie bekommen heute noch einen Neuen.«

Die Frau vor ihm war wunderschön. Nur mit Mühe konnte er seine Erschütterung verbergen. Seit Sybilles Tod hatte er keine Frau mehr aufmerksam angesehen. Fast schämte er sich über seine Entdeckung. Ein Schwanken zwischen Faszination und leichter Selbstverachtung.

»So, so«, brummte er und ärgerte sich sofort über den schroffen Tonfall, in den er sich geflüchtet hatte. »Dann sind Sie sozusagen meine Nachbarin?«

»Sozusagen. Ich helfe dort im Haushalt«, sagte sie und strahlte ihn unbefangen an.

Auch ihr Lächeln fand er absolut bezaubernd.

Schnell streifte sie ihre Finger an der Hose trocken und reichte ihm die Hand. »Angelica«, sagt sie.

»Rolf«, sagt Rolf.

»Also dann«, sagte sie, lächelte noch einmal und ging an ihm vorbei zur Tür.

»Man sieht sich«, rief er ihr nach.

Noch einmal wand sie sich um und winkte. Erst jetzt fiel ihm auf, dass er sie zum Ausgang hätte begleiten müssen.

11

Seit dem Blumengruß hatte sich das Verhältnis zwischen Anne und Angelica verändert, ja man könnte sogar sagen, dass überhaupt erst ein Verhältnis entstanden war. Annes Grußkartenantwort war der Auftakt zu einem Gespräch, das sie von da an führten, zwar stumm, aber nicht weniger engagiert. Kleine Zettelgrüße, Smileys auf Post-its, Grußkarten mit sorgfältig ausgesuchten Motiven, Süßigkeiten, Kuchenstücke und immer wieder Blumen. Kleine Gesten, die sich zunächst noch schüchtern gaben, aber von Mal zu Mal mutiger wurden. Schon nach kurzer Zeit hatte Angelica das Gefühl, Anne ein wenig besser zu kennen. Und noch wichtiger: Sie mochte sie.

Als Angelica eines Nachmittags bei Anne erschien, wurde ihr völlig unerwartet die Wohnungstür vor der Nase aufgerissen.

Sprachlos standen sich die beiden gegenüber, suchten einen verlegenen Moment lang nach den passenden Worten. Fast schien es, als ob sich die Sprache ihrer bis dahin reibungslosen Kommunikation in den Weg stellen wollte.

Angelica musterte ihr Gegenüber fasziniert. Anne war hübsch, ohne puppenhaft zu wirken. Sie schien gerade erst von der Arbeit nach Hause gekommen zu sein, denn sie trug noch eines ihrer steifen grauen Businesskostüme. Alles an ihr, der südländische Teint, die kurzen braunen Locken, die tänzerischen Bewegungen, war Energie pur. Kaum zu glauben, dass sich diese Person vor ihr versteckt hatte.

»Wie schön, dass ich dich treffe!«, rief Anne schließlich und zog Angelica in die Wohnung. »Heute bin ich extra früher nach Hause gekommen. Ich wollte dich unbedingt kennenlernen.« Sie tänzelte vor Angelica durch den Flur in Richtung Wohnzimmer. Immer wieder drehte sie sich zu ihr herum und strahlte sie dabei an. »Mir ist, als ob wir uns schon eine Ewigkeit kennen. Da wurde es Zeit, dich endlich zu treffen.«

Im Wohnzimmer schob sie Angelica auf die Couch. »Bitte setz dich.«

Verlegen nahm Angelica Platz. Normalerweise wusste sie ganz genau, was von ihr erwartet wurde. In der Regel entsprach sie der jeweiligen Wunschvorstellung ihres Gegenübers. Stets sah man in ihr, was man gerne sehen wollte. Doch Anne machte sie nervös. Sie schien absolut keine feste Erwartungshaltung zu besitzen. In ihren forschenden Augen funkelte ein wahres Blitzlichtgewitter an offenen Fragen.

Nur sehr zögernd gelang Angelica ein Lächeln. Bisher war ihr Interesse an anderen immer größer gewesen, als das Interesse der anderen an ihr gewesen war. Hier beruhte die Neugier eindeutig auf Gegenseitigkeit.

»Keine Sorge. Heute bist du nicht gekommen, um zu arbeiten. Du bist eingeladen. Ich habe uns sogar Kuchen gebacken. Bitte, warte ganz kurz.«

Flink verschwand Anne, um nur wenige Minuten später in Jeans und T-Shirt wieder aufzutauchen, ein vollgestapeltes Tablett in den Händen. Mit schnellen Bewegungen verteilte sie Teller, Tassen, Milch, Kaffee und Kuchen auf dem schmalen Couchtisch und packte Angelica ungefragt ein großes Stück auf den Teller. Ohne Angelica aus den Augen zu lassen, schenkte sie Kaffee aus und machte es sich dann im Schneidersitz bequem. »Also, erzähl doch mal von dir!«

Überfordert hob Angelica die Schultern. »Eigentlich gibt es da gar nichts Besonderes zu erzählen.«

Anne wollte eine Biografie hören. Nur leider hatte Angelica eine solche nicht anzubieten. Um dies zuzugeben, fehlte ihr allerdings der Mut. Ihr Unbehagen wuchs.

Inzwischen hatte Anne die Stirn in Falten gelegt und nun schüttelte sie auch noch den Kopf. Es brauchte eine Weile, bis Angelica begriff, dass diese Geste gar nicht ihr galt.

»Oh mein Gott, ich bin so ein Tollpatsch! Vergiss einfach die Frage. Ich will dich nicht ausquetschen. Ich bin nur so neugierig, weil ich dich kennenlernen möchte. Du hast mich total überrascht. Seit ich hier wohne, habe ich keine interessanten Leute kennengelernt. Also keine, die ich interessant finde. Du bist die Erste«, entschuldigte Anne sich, legte den Kopf schräg und schenkte ihrem Gast ein erwartungsvolles Lächeln.

Angelica war verblüfft. Da saß ihr jemand gegenüber, der in ihr nicht nur einen Spiegel sah. Vielmehr war es jemand, der ihr einen Spiegel anbot.

»Das Rezept ist übrigens von meiner Mutter.« Schwungvoll ließ Anne ihre Gabel wie einen Taktstock durch die Luft tanzen und lenkte so das Gespräch in eine andere, leichtere Tonart. »Kuchen waren eine Spezialität von ihr. Streuselkuchen, Apfelkuchen, Marmorkuchen, Schokosahnetorte. Obwohl Torte ja strenggenommen gar kein Kuchen ist …«

»Super lecker.« Aller Unsicherheit zum Trotz wollte Angelica das Gespräch mit Anne unbedingt fortsetzen, auch wenn das bedeutete, dafür etwas riskieren zu müssen. Also ging sie dankend auf den Themenwechsel ein.

»Wieso sagst du: ›Kuchen waren eine Spezialität von ihr?‹ Sind sie es nicht mehr?«

Über Annes Gesicht huschte ein Schatten. »Wir haben keinen Kontakt«, erwiderte sie trocken.

»Oh, das tut mir leid«, hörte sich Angelica antworten und stellte betroffen fest, wie ungenügend sie ihre eigenen Worte plötzlich fand. Noch nie hatte sie die Leere einer Floskel so gespürt wie in diesem Moment. Vor ihr saß ein Mensch, der einen tiefen Kummer mit sich trug. Und ihre Worte reichten noch nicht einmal annähernd an die Größe dieses Kummers heran.

Unzählige Male hatte Angelica bereits erlebt, wie schnell und intensiv die Leute zu ihr Vertrauen fassten. Die Verwandlung, die sich bei jedem nach einer Aussprache vollzog, war verblüffend: Die Erleichterung, die sich lächelnd ihren Weg an die Oberfläche bahnte, die neue Festigkeit, der wiedererwachte Lebensmut. Es erfüllte Angelica jedes Mal aufs Neue mit tiefer Zufriedenheit, das Ergebnis einer solchen Begegnung zu erleben. Sie war sich sicher, in dieser besonderen Fähigkeit lag der Kern ihres Wesens, das Geheimnis ihrer Identität. Ihr vorbehaltloses Zuhören bot jedem eine Plattform, um sich gefahrlos Ballast von der Seele zu reden.

Aber, auch das hatte Angelica erfahren, die Nähe, die sie anderen schenkte, konnte missverstanden werden.

Aferdita fiel ihr ein. Die Kollegin aus Boškos Putzkolonne hatte keinen Hehl aus ihrer Enttäuschung gemacht. Damals war es Angelica nicht gelungen, das Verhalten der Albanerin nachzuvollziehen. Nun ahnte sie plötzlich, warum sich Aferdita von ihr betrogen gefühlt hatte.

Aferdita hatte in Angelicas Nähe ein Versprechen gesehen. Sie hatte geglaubt, aus ihrer kurzfristigen Verbindung würde automatisch Freundschaft entstehen. Angelica hatte eine Erwartung geweckt, die sie nicht einhalten konnte. Das hatte Aferdita verletzt. Natürlich hatte Angelica nie beabsichtigt, Aferdita zu schaden. Und doch war es passiert. Die Lektion, die Angelica daraus zog, hieß: Man kann eine andere Seele nicht berühren, ohne dabei Verantwortung zu übernehmen. Beziehungen waren etwas Gegenseitiges, nicht immer gleichzeitig, nicht immer ausgeglichen, aber immer wechselseitig.

Wie sehr sich Angelica in ihre Gedanken verloren hatte, bemerkte sie plötzlich, als Anne wieder zu sprechen begann. Offensichtlich sah Anne Angelicas Schweigen als Zeichen von Betroffenheit und bedauerte nun ihrerseits, Angelica betrübt zu haben.

»Nein, mir tut es leid«, sagte Anne. »Mir tut es leid, dass ich dich damit belästige. Die Sache mit meiner Mutter ist sehr speziell.« Betont lässig zuckte sie mit den Schultern. »Aber ich bin ein großes Mädchen und längst darüber hinweg.«

»Ich glaube nicht, dass du tatsächlich darüber hinweg bist«, sagte Angelica und erschrak sogleich über ihre eigene Kühnheit. Noch nie hatte sie so offen widersprochen, überhaupt widersprochen!

Das hier mit Anne war mehr als das übliche Zuhören, mehr als das Herauslocken einer Geschichte, um ihre Neugier zu stillen. Etwas war anders und Anne war es nicht. Nein, Anne würde schon bald mit ihrer Geschichte um die Ecke kommen, obwohl sie jetzt noch zögerte. Früher oder später würde sie anfangen zu erzählen, so wie alle ihr immer alles erzählten. Diesmal war es Angelica, die darüber hinaus etwas erwartete, etwas erhoffte. Annes Interesse an ihr fühlte sich gut an. Sie genoss die Aufmerksamkeit. In ihrer Nähe fühlte sie sich wohl.

Und so hielt Angelica gespannt die Luft an. Das erste Mal verspürte sie den aufrichtigen Wunsch nach Freundschaft. Dafür war sie bereit, sich selbst einzubringen. Doch dieser Wunsch barg ein völlig neues Risiko: Falls Anne sie zurückwies, würde sie das verletzen. Angelica hatte auf einmal etwas zu verlieren. Ob Anne ihren Einsatz annahm? Anne könnte das Gespräch jetzt und hier beenden, noch bevor es wirklich anfing, und Angelica stünde weiter allein da wie zuvor.

Doch Anne antwortete mit einem Lächeln. Das kurze Schweigen, das folgte, zeigte mehr Einverständnis als Tausend Worte.

»Es fällt mir nicht leicht, über mich zu sprechen«, sagte Angelica schließlich. »Mir wird dabei immer klar, wie wenig ich über mich selbst weiß. Klingt schräg, oder?«

»Absolut nicht. Wenn du wüsstest, wie gut ich das verstehe.« Anne sah sie an, als hätte sie eine lang verschollene Verwandte entdeckt. »Ich bin so froh, dass ich dich getroffen habe. Auf jemanden wie dich habe ich lange gewartet.«

»Ich freue mich auch«, gab Angelica zu. Dass sie eine solche Begegnung weder erwartet noch sich eine solche ersehnt hatte, behielt sie allerdings für sich. Denn, um auf sein Glück warten zu können, musste man wissen, dass es so etwas wie Glück überhaupt gab. Und auch diese Erkenntnis war für Angelica völlig neu.

Eine gute Stunde später nahmen die beiden Frauen voneinander Abschied. Draußen, vor Annes Haus, brauchte Angelica einige Sekunden, um zur Besinnung zu kommen. Anders als erwartet hatte Anne ihr nicht viel von sich erzählt. Dennoch hatten sie sich einander intensiv mitgeteilt, sich unterhalten, gelacht und einfach nur den gemeinsamen Moment gelebt. Angelica fehlten schlicht die Worte, um die Begegnung zu beschreiben. Bisher war sie es immer, die andere durch ihre eigene Art Zuzuhören beschenkte. Diesmal war alles anders. Diesmal wurde sie beschenkt.

12

Mit voller Macht brach der Sommer los. Das Leben um Angelica herum explodierte. Alles war laut, lebhaft und passierte gleichzeitig. Sie fühlte sich wie inmitten eines wild herumwirbelnden Kreises.

Wie sehr hatte sie sich gewünscht, in diese Welt einzutreten. Den Schritt vom Sehen zum Verstehen zu machen. Doch nun, da sie sich allmählich von ihrer Zuschauerrolle löste, musste sie erkennen, wie verwirrend ihr die Dinge erschienen. Wie undurchdringlich der Kern des Ganzen weiterhin war. So sehr sie sich auch bemühte, das Gefühl, gestrandet zu sein, ließ sich nicht abwerfen. Noch immer war eine leere Stelle in ihr, von der sie nicht wusste, wie sie sie füllen sollte.

Vielleicht, dachte sie, muss ich mich mehr bemühen? Vielleicht finde ich so die Antworten, die mir fehlen? Was bedeutet es, dass ich jede Sprache spreche, dabei aber keine Ahnung habe, woher ich komme? Verbissen trieb sie sich weiter an und packte ihren Terminkalender voller denn je.

Die Begegnung mit Anne hing ihr nach. In ihre Freude mischte sich Verwirrung. ›Kann ich ihrem Vertrauen gerecht werden, wenn ich so ein großes Geheimnis mit mir herumtrage?‹, fragte sie sich. Und: Würde Anne trotzdem zu ihr halten, wenn sie davon wüsste?

Gleich in der Früh radelte sie zum Supermarkt, den Fahrradanhänger angekoppelt, um die Besorgungen auf ihrer langen Liste zu erledigen. Fester als sonst trat sie in die Pedale und bewegte sich konsequent am Rand der Erschöpfung, in der Hoffnung, sich selbst zu überlisten. Denn, so viel hatte sie inzwischen über sich herausgefunden: Am wahrhaftigsten fühlte sie sich in den Momenten, in denen sie sich völlig auf ihr Handeln konzentrieren konnte. In den Momenten war sie, was sie tat.

Obwohl es im Supermarkt noch sehr ruhig zuging, stauten sich die wenigen Kunden an der Kasse, da sich dort ein hochbetagtes Ehepaar umständlich am Kassenband zu schaffen machte. Mit unerschütterlicher Ruhe nahm der alte Mann jedes einzelne Warenstück aus dem Einkaufswagen und reichte es seiner Frau. Diese wiederum prüfte bei jedem einzelnen Stück, ob die Ware den Weg aufs schwarze Förderband verdient hatte oder vorerst zurückgewiesen werden musste, um dort später in einer anderen Reihenfolge platziert zu werden. So geriet der Beladungsvorgang immer wieder ins Stocken. Der nicht enden wollende Reigen aus Moselwein, Pralinen, und Dutzenden von raschelnden Plastiktütchen gefüllt mit Käse- und Wurstspezialitäten, der sich noch immer im Einkaufswagen der beiden befand, nährte die hoch berechtigte Befürchtung aller Anwesenden, dass sich ein Ende des Schauspiels noch lange nicht abzeichnete.

Ganz vorne in der Schlange der Wartenden entdeckte Angelica ein bekanntes Gesicht: Rolf, der stille Nachbar der Familie Wagner.

›Hey du?!‹, sagte sein Lächeln, als auch er sie entdeckte.

›Hey‹, lächelte Angelica etwas verlegen über die Köpfe der übrigen Wartenden zurück. Während alle anderen eher ungeduldig auf der Stelle traten, schienen Rolf und sie die Einzigen zu sein, die sich über das kleine Schauspiel an der Kasse freuten.

›Sind die beiden nicht klasse?‹, schien Rolfs Blick zu fragen.

›Unbedingt‹, nickte Angelica zurück. Für sie war völlig klar: Mit jedem Lebensmittel erwarben die Alten einen Schatz, einen Schlüssel zu einem Moment gemeinsamen Genusses. Das Heimholen solcher Kostbarkeiten musste konsequenterweise mit allergrößter Sorgfalt vonstattengehen. Rolfs breites Grinsen signalisierte ihr, dass er das Tun der Alten genauso bewertete.

Als sich schließlich das Ende des Senioreneinkaufs abzeichnete, wandte sich die alte Dame an die Kassiererin. »Das ist alles für unseren Hochzeitstag«, plauderte sie munter los. »Seit 65 Jahren sind wir nun schon verheiratet. Sogar der Bürgermeister will vorbeikommen. Und der Herr Pfarrer natürlich auch ...«

»Aha ... mmh ... wie schön ...«, murmelte die Frau an der Kasse so unverbindlich wie möglich, um den nahen Abschluss der Transaktion nicht zu gefährden.

»Möchten Sie mal sehen?« Ohne eine Antwort abzuwarten, zog die alte Dame ein zerknittertes Foto aus ihrem Portemonnaie. »Unser Hochzeitsfoto.«

Angelica war gespannt, wie die Kassiererin reagieren würde. Und sie sah, dass auch Rolf die Szene neugierig verfolgte. Denn nun geriet die Kassiererin ernsthaft in die Bredouille. Höflich zu bleiben, war in einem solchen Fall wichtig, aber die Ungeduld der restlichen Kundschaft saß ihr überdeutlich im Nacken. Doch sie meisterte den Balanceakt souverän. Obwohl sie mit einem einzigen groben Wort die alte Dame hätte abschütteln können, demonstrierte sie gelassen Verständnis.

»Schönes Bild«, sagte sie betont laut und machte allen Beteiligten klar, dass sie sich nicht aus dem Konzept bringen lassen würde. Ein aufmunterndes Kopfnicken in

Richtung der Seniorin folgte, dann verkündete sie die zu bezahlende Summe.

Angelica und Rolf strahlten sich zufrieden an.

Die Erleichterung aller war spürbar, als die alten Herrschaften endlich gezahlt und sich verabschiedet hatten. Die Leute rückten auf, lachten, schüttelten gutmütig den Kopf und knüpften an die Gespräche an, die sie wegen des intensiven Wartens unterbrochen hatten.

»Ich kenne die beiden«, durchschnitt eine weibliche Stimme die gerade wiederaufgenommene Geschäftigkeit. Obwohl die Frau ihre Worte an die Kassiererin richtete, galt ihre Rede ganz offensichtlich dem kompletten Auditorium. »Alle vierzehn Tage gehen die beiden einkaufen«, zeterte sie lautstark weiter. »Machen darum ein Riesen-Bohei, als ob es ihr Jahresurlaub wäre.«

Ihr Nörgeln hing unangenehm wie ein scharfer Schweißgeruch in der Luft.

»Ach na ja, was soll's«, lieferte die leidgeprüfte Kassiererin ein weiteres Musterbeispiel an Geduld. Leider betrachtete die Angesprochene dies als Einladung, ihre Tirade fortzusetzen. »In jedem Geschäft das gleiche Theater. Mein Mann hat vor vierzig Jahren dies, ich habe vor fünfzig Jahren das ...« Ihr Speichel flog zu allen Seiten davon, als sie das alte Paar nachäffte und ihre Blicke eifrig nach Beifall schnappten. Inzwischen war der Kassiererin ihr Unmut mehr als deutlich anzusehen. Das Lächeln in ihrem Gesicht fror ein. Doch die Schimpfende zeigte sich für solche Signale völlig unempfänglich.

»Unverantwortlich ist das. Fahren noch selbst mit dem Auto und blockieren stundenlang die Straße, bis sie rein oder raus sind von ihrem Grundstück. Alles und jeden halten sie auf.«

»Ja, vielleicht sollte man die beiden besser gleich in ein Altersheim sperren.« Die Worte der Kassiererin fegten wie ein eisiger Wind durch den Laden. »Oder man erschießt sie, wo sie doch so eine unsägliche Belästigung darstellen.«

Plötzlich war es mucksmäuschenstill. Alle erstarrten. Fragend tauschten Rolf und Angelica einen schnellen Blick.

»Himmelherrgott nochmal, wie ignorant, blind und blöd muss man eigentlich sein, dass man ein Wunder nicht erkennt, das sich direkt vor einem zeigt!« Die Supermarktangestellte schien auf ihrem Kassenstuhl zu wachsen. Mit energischen Bewegungen zog sie Stück um Stück über den Scanner, während sie ihre Blicke empört in das Gesicht der plötzlich Verstummten bohrte.

»Ein Wunder, ja, meine Damen und Herren, ein Wunder, genau das war das eben.« Ihre klare Stimme klang durch den Raum, ohne dass sie dabei laut wurde. Es gab niemanden, der ihr in diesem Augenblick nicht zuhörte. »Das, was wir alle soeben sehen konnten, war das Wunder der Liebe. Romeo und Julia in Person. Nur noch besser, weil mit Happy End. Weil genauso sieht es nämlich aus, so ein Happy End. Zwei Menschen, die einander bis zu ihrem Ende zärtlich verbunden sind. Das ist es doch, was wir alle wollen.« Erneut nahm sie die Nörglerin ins Visier. »Oder?«

Irgendwo im Hintergrund klingelte ein Handy und eine männliche Stimme begann flüsternd zu telefonieren, ein Kind fragte nach Chips und Angelica hörte das Poltern von Paletten, die auf einem Hubwagen durch den Laden gezogen wurden. Die Spannung löste sich, das Gewitter war vorüber.

»Siebenundzwanzigvierzig.« Pause. »Bitte.«

Ein Schlusswort, das keinen Widerspruch duldete. Mehr als eilig warf die Kundin ihren Einkauf in den Wagen und verschwand. Hätte in diesem Moment jemand zu klatschen gewagt, da war sich Angelica sicher, die Mehrheit hätte sich dem Applaus angeschlossen.

Trotz allem empfand Angelica Mitleid mit der Frau. Auch Rolf, das konnte sie sehen, wirkte betroffen, als er ihr nachsah. Wer wusste schon, welche Erfahrungen sie zu ihrer Sicht der Welt geführt hatten? Im Grunde war sie diejenige, die am offensichtlichsten litt. Trieb sie Neid an? Auch dieses Unkraut wuchs nicht von heute auf morgen heran.

Seltsam, dachte Angelica, den einen macht das Leben hart, den anderen weich. Kein Herz ist wie das andere. Und doch wäre vieles so viel einfacher, könnte man direkt in die Herzen der anderen schauen.

Erneut suchte sie Rolf in der Schlange. Inzwischen hatte er seinen Einkauf beendet und packte nun eilig alles in einen mitgebrachten Stoffbeutel. Er verabschiedete sich von der Kassiererin und ging zum Ausgang.

Angelica war enttäuscht. Ging er tatsächlich ohne einen Abschiedsgruß für sie? Angelica erstarrte. In diesem Moment drehte er sich um, lächelte sie an und verschwand durch die Tür. Angelica blieb verwirrt zurück.

Hatte sie zurückgelächelt? Sie wusste es nicht.

13

Alles war wie beim letzten Mal. Wieder wurde sie an der Haustür empfangen, wieder war das Saubermachen in der gepflegten Wohnung mehr Formsache als Arbeit und wieder wartete im Wohnzimmer der gedeckte Tisch darauf, dass sie an ihm Platz nahm, um zuzuhören.

Wie beim letzten Mal schenkte ihr Frau Ehrhardt Tee ein, schob lächelnd den Keksteller in ihre Nähe und ließ sich auf den breiten Sessel ihr gegenüber nieder.

Die behaglich wirkende Stille vereinnahmte Angelica sofort und schirmte sie vom Rest der Welt ab. Die bisherigen Erinnerungen der alten Dame hatten sie auf eine Weise berührt, die sie sich nicht erklären konnte. Ihr war, als ob jemand eine Tür geöffnet hätte, hinter der sie Vertrautes zu erwarten hatte.

»Verliebt zu sein, aber nicht beim Geliebten sein zu können, ist ein unbefriedigendes Gefühl«, nahm Charlotte den Faden ihrer Erzählung so unmittelbar wieder auf, als wären zwischen diesem und ihrem letzten Treffen keine sieben Tage, sondern nur wenige Minuten vergangen.

»Am Anfang erhielt ich noch regelmäßig Briefe von Paul. Obwohl er in jedem von ihnen beteuerte, dass er unsäglich unter unserer Trennung litt, hatte ich das Gefühl, dass es ihm doch bedeutend besser ging als mir. Immerhin war er beschäftigt, während meine Aufgabe nur darin bestand, auf ihn zu warten. So jedenfalls sah ich damals meine Situation.

Liebe ist egoistisch. Ich bedauerte mich selbst und vertrieb mir die Zeit damit, mich der Welt als tapfer Leidende zu präsentieren. Meine Freundinnen versicherten mir, wie großartig ich mich doch in dieser schwierigen Zeit schlug. Ihr Lob erfüllte mich mit Stolz und Genugtuung. Natürlich vermisste ich Paul und hatte auch Sehnsucht nach ihm, aber meine neue Rolle gefiel mir gar nicht schlecht. So lässt sich die Trennung gut überstehen, dachte ich. Sowieso glaubte ich, der Krieg würde nicht lange dauern und Paul würde bald wieder da sein.

Paul schrieb seine Briefe und ich spielte die wartende Ehefrau. Ja, ich spielte sie nur, denn ich fühlte mich nicht wie eine richtige Ehefrau. Wir hatten ja nicht einmal eine gemeinsame Wohnung. Keinen gemeinsamen Haushalt. Keinen gemeinsamen Alltag. Alles, was wir teilten, war unsere Verliebtheit und die Erinnerung an Heidelberg, unser kurzes Hochzeitswochenende. Verheiratet zu sein, war ein Spiel, dessen Regeln ich noch lernen musste.

In den ersten Kriegsmonaten überwog der öffentliche Eindruck, dass es bald wieder Frieden geben würde. Die Erfolge der deutschen Armee waren schwindelerregend. Belgien und die Niederlande wurden überrannt, Frankreich ebenso. Schon bald bekam Paul Urlaub. Doch obwohl ich mich auf ihn gefreut hatte, enttäuschte mich unser Wiedersehen.

Paul hatte sich verändert. Er war unnahbarer geworden, nachdenklicher, stiller. Da war etwas Fremdes an ihm, das mich auf Abstand hielt. Sobald ich ihm Fragen stellte, wich er mir aus.

Mit meinem Vater verstand er sich dagegen besser denn je. Sehr zu meinem Unmut saßen die beiden stundenlang in Vaters Arbeitszimmer. Entweder schwiegen sie in männlicher Eintracht oder sie führten endlose Gespräche, die sie sofort unterbrachen, sobald ich den Raum betrat.

Wie konnte es sein, dass sich die beiden Männer trotz Pauls Abwesenheit so viel nähergekommen waren, während Paul und ich uns unaufhaltsam auseinander bewegten?

Paul hatte meinen Vater schon immer bewundert und mein Vater hatte aus seiner großen Sympathie für Paul nie einen Hehl gemacht. Aber nun war da auch ein tiefer gegenseitiger Respekt zwischen ihnen. Ich platzte fast vor Eifersucht.

Da Paul und ich noch keine eigene Wohnung besaßen, stellten uns meine Eltern das Gästezimmer zur Verfügung. Da lag ich nun nächtelang wach, allein in diesem großen Bett, und sehnte mich nach den Zärtlichkeiten meines Ehemanns. Der rauchte unten, nur eine Etage tiefer, hinter verschlossener Tür mit meinem Vater, schwieg oder disputierte. Mir war er ferner als in der Zeit, in der er an der Front gewesen war.

Ich war maßlos enttäuscht. Und gekränkt. Und eifersüchtig. Natürlich ließ ich ihn meinen Groll überaus deutlich spüren.

Sie können sich vorstellen, meine Liebe, dass die Stimmung dadurch nicht besser wurde. Als Paul nach einigen Tagen endlich auf mich zuging, um mit mir zu reden, reagierte ich eingeschnappt. Nun könne er sich seine Worte sparen, warf ich ihm an den Kopf. Jetzt wolle ich auch nichts mehr hören.

Und ein bisschen stimmte das sogar. Ich ahnte, dass uns seine Erlebnisse die Unbeschwertheit gestohlen hatten.

Wie dumm von mir, wie einfältig und dumm. Wie unverzeihlich naiv. Als ob man durch Wegsehen etwas verhindern könne.

Paul zog sich enttäuscht zurück. Er machte keinen Hehl daraus, wie sehr ihn mein Verhalten verletzte. Von nun an schwieg er nur noch. Und ich war beleidigt, weil ich mich durch sein Verhalten gemaßregelt fühlte. Als wäre ich ein Kind, mit dem man nicht auf Augenhöhe sprechen könne. Wir hätten streiten sollen. Das hätte die Mauern zwischen uns aufgebrochen. Stattdessen schwiegen wir aus verletztem Stolz, aus Enttäuschung, vielleicht auch aus Angst.

Als sein Fronturlaub zu Ende ging, schieden wir voneinander wie Fremde. Die Kälte zwischen uns schmerzte mehr als der schlimmste Streit.

Kaum war er fort, machte ich mir die schrecklichsten Vorwürfe. Was, wenn ihm nun doch etwas zustieß? Wenn er tatsächlich nicht mehr zurückkäme? Wenn unser letztes gemeinsames Erlebnis dieses seltsame Zerwürfnis sein würde? Ich fiel in ein großes schwarzes Loch.«

Charlottes letzte Worte versickerten in der Stille des Zimmers. Tief hatte sie sich in das Rückenpolster ihres Sessels sinken lassen und ebenso tief war sie in ihre Erinnerungen abgetaucht.

Angelica wartete geduldig ab. Das gemächliche Ticken der alten Wanduhr zerteilte die Ruhe im Raum in gleichmäßige Segmente.

Schließlich kehrte Charlotte mit einem Seufzen zurück in die Gegenwart. »Möchten Sie Fotos sehen?«

Angelica nickte.

Schwerfällig erhob sich die alte Dame und schlurfte zu ihrer Kommode. Das schwere Holz der obersten

Schublade klemmte. Erst nach einigem Geruckel gab sie ihren Widerstand auf und ließ sich öffnen.

Charlotte hob eine Box aus vergilbter Pappe heraus, schuhkartongroß, von mürben Gummibändern zusammengehalten. Mit zittrigen Bewegungen entfernte sie das Gummi, das ihr zwischen den Fingern auseinander bröselte.

Der Deckel löste sich, Charlottes Versuch, ihn festzuhalten, schlug fehl. Deckel samt Karton rutschten ihr aus den Händen. Hunderte weißgezahnte Schwarzweißfotographien regneten herab und legten sich wie ein Laubteppich über Boden, Sessel und den gedeckten Tisch.

»Hoppla«, sagte Charlotte kaum beeindruckt.

Angelica ging sofort auf die Knie und begann, die verstreuten Erinnerungen aufzusammeln. Sorgfältig stapelte sie alles zu kleinen Häufchen auf dem Tisch. Eine Kinderfotografie fiel ihr dabei besonders auf. Ein zierliches etwa fünfjähriges Mädchen blickte ihr ernst entgegen. Das Kind trug ein schwarzes Kleid mit weißem Kragen aus gestärkter Spitze. Offensichtlich hatte man ihr eingeschärft, still zu halten, um das Bild nicht zu ruinieren.

»Fotos waren in dieser Zeit noch etwas Besonderes«, fuhr die alte Dame fort. »Der damalige Aufwand, zu einem Foto zu kommen, ist nicht zu vergleichen mit der Lässigkeit, ja vielleicht sogar Nachlässigkeit, mit der ihr jungen Leute von heute euch ablichtet.«

Charlotte lachte auf und schüttelte den Kopf. »War ich nicht ein furchtbar hässliches Kind?«

Angelica musterte die kleine Person auf dem Bild genauer. Der kindlichen Charlotte fehlte es tatsächlich an jeglicher Anmut.

Ihre Nase war extrem gerade, der Mund sehr groß, die Lippen zu voll, der Hals zu lang und der Leib auffallend mager. Für ein kleines Mädchen waren diese Attribute viel zu markant, doch sie ließen bereits erahnen, welch ungewöhnliche Schönheit die erwachsene Charlotte einmal auszeichnen würde. Ein hässliches Entlein, in dem sich der schöne Schwan versteckte.

Es ist verblüffend, dachte Angelica. Das menschliche Aussehen wird von Geburt an für alle Phasen des Lebens festgelegt. Zwar können die äußeren Lebenseinflüsse das Älterwerden beschleunigen oder auch verlangsamen, aber die Form des Gesichtes, die Statur, Augen- und Haarfarbe, Muttermale, all das ist von Anfang an unwiderruflich angelegt. Im Gesicht eines Säuglings steckt der zahnlose, glatzköpfige Greis mit seinen Warzen und Altersflecken, mit seiner Arthrose und seinem Rheumatismus. Vom ersten Tag seines Lebens an ist der Mensch diesem Lauf unaufhaltsam unterworfen. Er kann seiner Körperlichkeit nicht entrinnen. Ein Großteil seines Schicksals ist von Beginn an festgeschrieben. Niemand kann entscheiden, ob er als Mann oder Frau, hässlich oder schön, gesund oder krank, mit einer hohen oder geringen Lebenserwartung geboren wird. Jeder bekommt einen unabänderlichen Rahmen seines eigenen Schicksals mit auf den Weg. Die Voraussetzungen zum Glück sind nicht gerecht verteilt. Und doch trägt jeder den Wunsch nach Glück in sich.

»Ich hatte eine schöne Kindheit. Wurde behütet und verwöhnt. Lange gelang es meinen Eltern, mir die Welt in ihrer Idealform vorzugaukeln. Sie haben es gut mit mir gemeint. Aber leider habe ich dadurch nur sehr spät begriffen, wie die Welt wirklich tickte. Vor allem mein Vater war ein hoffnungsloser Idealist. Ihm war daran gelegen, dass ich einen Blick für das Schöne hatte und an das Gute glaubte. Das Gute und das Schöne. Er selbst hatte voller Überzeugung daran festgehalten. Er liebte die Menschen und er glaubte an sie.«

Angelica nickte. Liebe ist wichtig. Nur sie kann das Ungleichgewicht des Lebens ausgleichen.

»Aber ich wollte Ihnen ein anderes Foto zeigen.« Umständlich durchwühlte Frau Ehrhardt die Bilderstapel. »Hier ist es ja.«

Sie legte das Porträt eines jungen Mannes auf den Tisch. »Das ist Paul, als wir uns kennenlernten. Und das hier ...« Sie zog ein weiteres Bild hervor. »Das ist unser Hochzeitsfoto.« Zärtlich streichelten ihre Finger die Bildoberfläche.

Angelica nahm ehrfürchtig das Hochzeitsbild in die Hand. Tatsächlich war aus dem unansehnlichen Mädchen eine bildschöne Frau geworden, die glücklich in die Kamera lächelte. Sie trug ein elegantes, enggeschnittenes graues Kostüm. Paul wirkte neben ihr fast wie ein zu schnell hochgewachsener Junge, sehr schmal und schlaksig, seinen dunklen Anzug füllte er kaum aus. Trotz seiner Jugend war sein helles Haar bereits etwas dünn. Ein ungläubiges Lächeln umspielte seinen Mund, als könne er noch immer nicht fassen, dass es ihm – ausgerechnet ihm – gelungen war, diese wunderschöne Frau für sich zu gewinnen. Humor und Güte lagen in seinen Augen.

»Ach, ist das lange her«, seufzte Frau Ehrhardt. »Ich glaube, für heute ist das genug Vergangenheit. Ich vergraule Sie doch hoffentlich nicht?«

»Auf keinen Fall«, beeilte sich Angelica zu beteuern. »Ich könnte Ihnen noch stundenlang zuhören.«. Tatsächlich war die vereinbarte Zeit längst überschritten. Der nächste Kunde wartete bereits.

Angelica sprang auf und verabschiedete sich hastig.

Kurz bevor sie durch das Gartentörchen auf die Straße eilte, wandte sich Angelica noch einmal um. Charlotte stand ruhig im Türrahmen und blickte ihr nach. Fast, als würde die ältere Dame ab diesem Moment bis zum nächsten Besuch einfach die Zeit anhalten.

»Bis nächste Woche«, rief Angelica und winkte ihr zu. Schon stürmte sie davon, getrieben von einer großen inneren Unruhe. Beeilen wollte sie sich. Nicht, um möglichst rasch von Charlotte wegzukommen, sondern um schnell zu ihr zurückzukehren.

14

Und sie ist einfach in deinem Haus aufgetaucht?«

»Ja, sie war in meinem Arbeitszimmer.«

Mit einer lässigen Bewegung über die Schulter deutete Rolf auf das offene Fenster in den Raum, in dem er Angelica das erste Mal gesehen hatte. Die beiden Männer saßen beim Essen auf der Terrasse. Wie üblich hatte Jochen etwas mitgebracht, diesmal vom Italiener. Rolf hatte eine Flasche Rotwein dazugestellt, um das gemeinsame Mahl angemessen aufzuwerten. Immerhin war es Freitagabend und von den Umzugshilfe-Treffen abgesehen, war das Jochens erster richtiger Besuch bei ihm. Überhaupt war es das erste Mal seit Sybilles Tod, dass sie zusammensaßen und nicht über Sybille sprachen.

»Wie kam sie rein?«

»Durch die Tür. Sie hatte einen Schlüssel.«

Jochen legte sein Besteck zur Seite. »Zu deinem Haus! Findest du das nicht ungewöhnlich?«

»Das Schloss ist noch vom Vorbesitzer. Ich habe es nicht ändern lassen. Sicher hatte er das mit den Nachbarn so abgesprochen.«

»Aber man spaziert doch nicht einfach in ein fremdes Haus hinein.«

Kopfschüttelnd nahm Jochen sein Besteck und stach verärgert auf seinen Salat ein. Rolfs Sorglosigkeit war ihm unbegreiflich. Seit einigen Tagen schien sein Freund wie verwandelt zu sein.

Natürlich hatte er gehofft, der Umzug würde Rolfs Lebensgeister neu beleben. Aber ein solcher Leichtsinn passte gar nicht zu ihm.

»Sie hat doch nur aufgeräumt. Einem kleinen Jungen geholfen«, verteidigte Rolf das unbefugte Eindringen.

Jochen war überrascht. »Also willst du ihr den Schlüssel überlassen?«

Gleichgültig zuckte Rolf mit den Schultern »Ja, wieso auch nicht?«

Damit du keine weiteren Überraschungen erlebst, wollte Jochen antworten, hielt jedoch abrupt inne. Eigentlich waren es genau solche Überraschungen, die sein Freund brauchte, um aus seinem Tief gerissen zu werden. Irgendwie hatte diese fremde Frau mehr als nur den Schlüssel zu Rolfs Haus in der Hand. Seit Monaten hatte sein Freund an nichts und niemandem mehr Interesse gezeigt und kaum tauchte diese Person auf, war Rolf wie ausgewechselt. Nein, Jochen korrigierte sich, er war aufgewacht. Es war, als habe sie in Rolf eine Tür geöffnet. Er beschloss, seine Bedenken über Bord zu werfen und das Interesse seines Freundes sogar noch etwas anzuheizen.

»Du hältst diese Angelica also für vertrauenswürdig?«, hakte er nach und schenkte großzügig Wein nach.

»Absolut«, antwortete Rolf, ohne eine Sekunde zu zögern.

Jochen grinste. »Na dann, mach dir diese Vertrauenswürdigkeit zunutze.«

»Was jetzt? Wie?« Rolf kam mit Jochens plötzlichem Sinneswandel nicht mit.

»Dein Haus könnte eine Haushaltshilfe ganz gut vertragen, findest du nicht?«

»Du meinst, ich sollte sie engagieren?«

Nein, du solltest sie zum Essen einladen, du Trottel, wollte Jochen antworten, hielt sich jedoch zurück. Rolfs Unbedarftheit rührte ihn. Aber Rolf musste von selbst darauf kommen.

»Genau. Du gehst einfach rüber und bittest deine Nachbarn um ihre Nummer.«

»Ihre Nummer?«, echote Rolf verhalten.

»Und dann fragst du sie, ob sie für dich arbeiten möchte.« Jochen verdrehte innerlich die Augen. Ein solches Gespräch hatte er das letzte Mal mit fünfzehn Jahren geführt.

»Ihre Nummer«, wiederholte Rolf noch einmal, als müsse er sich besonders wappnen. »Ist ja nichts dabei, oder?«

»Kommt drauf an.« Forschend sah Jochen ihn an. »Ist etwas dabei?«

Rolf wurde rot. »Natürlich nicht«, beeilte er sich zu sagen.

»Na also, es ist nichts dabei«, erwiderte Jochen lässig. Viel zu lässig. Er spürte, dass Rolf ihn durchschaut hatte.

Plötzlich mussten sie beide lachen.

»Du bist der mieseste Schauspieler, den ich kenne!«, platzte es aus Rolf heraus.

»Stimmt nicht, du bist mieser«!

»Da könntest du sogar recht haben.«

»Also wirst du es versuchen?«

»Vielleicht«, antwortete Rolf. Es war ein ehrliches nach außen völlig offenes Vielleicht. Eines, mit dem sich Jochen vorerst zufriedengab. Eines, das zu vielen weiteren offenen Vielleichts an diesem Abend führte. Zu so vielen offenen Vielleichts, dass ihnen der Abend zu kurz wurde und die Nacht helfen musste, ihn zu verlängern. Von alten Freunden war plötzlich die Rede, die sie mal wieder besuchen müssten. Von einer Kunstausstellung, einem Konzert, einem gemeinsamen Wochenendtrip, vielleicht zum Wandern. Vielleicht, vielleicht. Ebenso wenig wie der Abend reichte der Wein, schon bald brachte Rolf eine zweite und eine dritte Flasche. Sie tranken und spannen Ideen, sie wurden albern und genossen die zunehmende Trunkenheit, die ihnen erlaubte, immer neue Vielleichts zu entdecken. Der Wein verlieh ihrem Denken Flügel und ließ sie Dinge sehen und sagen, die sie sonst nicht gesehen und gesagt hätten, wichtige Dinge, die zwischen ihren albernen Witzen aufblitzten und an die sie sich morgen vermutlich nicht mehr erinnern würden.

»Was für ein großartiger Wein«, lallte Jochen zum Abschied, kurz bevor er ins Taxi fiel.

Rolf winkte und wankte zurück ins Haus. So betrunken war er schon lange nicht mehr gewesen. Draußen glomm noch ein Windlicht auf dem Terrassentisch und verwandelte das verlassene Ensemble aus Tisch und Stühlen in eine kleine goldene Insel.

Der nachtschwarze Garten ruhte wie ein inmitten der Brandung erstarrtes Meer zu seinen Füßen. Rolf war, als stände er an einem Ufer. Kurz vor einer großen Reise.

Schrill bohrte die Klingel an der Haustür ein Loch in Rolfs vernebeltes Bewusstsein. Mühsam öffnete er die Augen einen kleinen Spalt weit. Licht drang herein und explodierte auf seiner Netzhaut.

Rolf schloss die Augen und klammerte sich vergeblich an die letzten grauen Fetzen seines Schlafes. Wie gerne hätte er sich zurück in die dunkle Bewusstlosigkeit verkrochen, wäre liegen geblieben und hätte die Welt ignoriert. Doch ärgerlicherweise ignorierte ihn die

Welt gerade nicht. Das Klingeln bohrte hartnäckig immer neue Löcher in seinen Schädel. Die einzige Chance, diesem Lärm Einhalt zu gebieten, bestand offensichtlich darin, an die Tür zu gehen.

Rolf fluchte und kroch aus dem Bett. Einen solchen Kater hatte er schon ewig nicht mehr gehabt. Wie viele Flaschen es wohl waren, die Jochen und er geleert hatten? Zwei? Drei? Der Abend war heiter gewesen, wie schon lange kein Abend mehr, soweit reichte seine Erinnerung immerhin. Sie hatten viel geredet, noch mehr gelacht. Und ja, vielleicht hatte er sogar mehr erzählt, als er es selbst erwartet hatte. Der Wein war sicher einer der Gründe für seine ausgelassene Stimmung gewesen. Aber längst nicht der Ausschlaggebende.

Rolf wankte tapfer zur Tür, schluckte kurz, um den pelzigen Geschmack von seiner Zunge loszuwerden. Vergeblich, die Zunge selbst war das pelzige Etwas in seinem Mund. Er kniff die Augen zusammen in Erwartung des grellen Tageslichts und öffnete schicksalsergeben die Tür.

»Guten Morgen«, sagte Angelica.

Ihr Lächeln und ihre Stimme blendeten ihn völlig, weshalb er zurückwich.

»Ich hoffe, ich störe nicht«, fuhr sie unbeirrt fort, »aber ich möchte gerne den Schlüssel zurückbringen, den ich noch habe.«

»Schlüssel … äh … was?«, stotterte Rolf. Erst nach einigen Sekunden registrierte er ihre offene Hand, die ihm einen kleinen silbrigen Gegenstand entgegenhielt. Seine Gedanken gerieten ins Stocken wie eine schlecht geölte Maschine.

»Kaffee«, sagte er. Der einzige Gedanke, der ihm in dieser Sekunde logisch erschien.

»Ja gerne.« Und schon hatte sie sein Haus betreten. Schon wieder betreten.

So schnell es ihm sein dicker Schädel erlaubte, schlich er ihr hinterher. Mit einer eher erbärmlichen denn einladenden Bewegung bat er sie ins Wohnzimmer.

»Bitte, setz dich«, presste er mühsam hervor. Na ja, das war zwar kein ganzer Satz, aber mehr ging beim besten Willen nicht. Durch die offene Tür verschwand er in die benachbarte Küche. Nun hatte er etwas Zeit gewonnen. Kopflos begann er, seine Schränke zu durchwühlen, er fütterte die Kaffeemaschine mit Wasser, Filtertüte und Kaffeepulver, kramte auch zwei Tassen hervor. Immerhin kam sein Denkapparat allmählich wieder in Gang.

»Sorry, ich bin eben erst aufgestanden.« Sein Versuch, ihr diese Erklärung zuzurufen, versandete in einem kläglichen Krächzen.

»Kein Grund, sich zu entschuldigen. Immerhin bin ich ja diejenige, die hier einfach so reinplatzt.«

Plötzlich stand Angelica im Türrahmen und strahlte ihn an.

»Milch? Zucker?«, hörte er sich unbeholfen stammeln. Verflixt, wo ist meine Fähigkeit zu sprechen? Mit solch rudimentären Zwei-Wort-Sätzen würde das Gespräch mit ihr zu Ende sein, noch bevor es überhaupt angefangen hatte.

»Für mich bitte nur Milch.« Sie nahm ihm die Tetrapak-Packung aus der Hand, schnappte sich die beiden Henkeltassen und trug alles ins Wohnzimmer. Als er ihr mit der Kaffeekanne folgte, hatte sie alles auf dem kleinen Couchtisch abgestellt und stand mit dem Rücken zu ihm vor seinem Bücherregal. Rolf nutzte diesen Moment, um sie in Ruhe zu betrachten. Es gefiel ihm, wie sie den Kopf schräg legte und mit dem Zeigefinder zärtlich über die Buchrücken fuhr, um immer mal wieder kurz an einer Stelle zu verweilen, bevor ihre Neugier sie weitertrieb.

»Ähäm ... das ist nur meine kleine altphilologische Fachabteilung«, erklärte er, als müsse er sich für die ungewöhnliche Auswahl entschuldigen.

»Nicht zu übersehen.« Sie drehte sich zu ihm um und lächelte.

»Dann schenk ich uns mal ein«, sagte er eilig, um überhaupt etwas zu sagen. Inzwischen hatte sie Platz genommen.

»Du bist also Lehrer?«

»Ja, an der Uni. Ich lehre Altgriechisch.«

Sie nickte und nippte am Kaffee. Freundlich wanderten ihre Augen weiter durch den Raum. Alles schien sie zu interessieren und doch wirkte ihr Schauen keineswegs unverschämt oder aufdringlich. Rolf entspannte sich etwas.

Obwohl sie schwieg, schien sie mit ihm in einem direkten Dialog zu stehen. Ihr Schauen ersetzte ihre Fragen, das, was sie sah, waren seine Antworten.

Ein Gefühl, sich verstanden zu wissen, durchströmte Rolf.

»Also der Schlüssel«, sagte sie auf einmal in die Stille hinein. »Der gehört ja dir. Ist zwar praktisch, wenn du ihn bei den Nachbarn deponierst, man weiß ja nie, aber zuerst einmal sollst du ihn zurückbekommen.«

Aus ihrer Hosentasche zog sie das kleine silbrige Stück und legte es neben seine Tasse auf die Tischplatte.

»Ähäm ... ich denke, es wäre praktischer, wenn du ihn behältst. Weil, also, ich wollte dich sowieso fragen, ... ob ... falls ...«

»Du suchst jemanden, der bei dir putzt?«, fasste sie sein Gestammel geduldig zusammen.

Er nickte erleichtert. »Natürlich nur, wenn du noch Zeit für einen zusätzlichen Job hast?«

»Ich denke darüber nach.«

»Du denkst darüber nach?«

»Ja.«

»Also im Moment eher nein?«

»Weder nein noch ja. Ich denke darüber nach.«

Rolf war bemüht, sich seine Enttäuschung nicht anmerken zu lassen. Nie wäre er auf die Idee gekommen, dass sie sein Angebot ablehnen könnte. Doch jetzt erschien es ihm nahezu unmöglich, dass sie jemals auf sein Angebot eingehen würde. Wie hatte er nur so dumm sein und sie so etwas fragen können? Er hatte sie sicher beleidigt.

»Du hast mich nicht beleidigt, falls du das befürchtest.« Hatte sie soeben auf seine Gedanken geantwortet? Rolf starrte sie fassungslos an.

Unbefangen lächelte sie zurück. »Gib mir nur ein wenig Zeit, um mich zu entscheiden.«

»Aber natürlich.«

»Danke für den Kaffee«, sagte sie und erhob sich.

Er sprang ebenfalls auf. Plötzlich überfiel ihn das Gefühl, eine Chance verpasst, schlimmer noch, sie so richtig vermasselt zu haben. Wie er da vor ihr stand. Völlig verkatert, ungewaschen und unrasiert, in den verknitterten Klamotten, mit denen er gestern ins Bett gefallen war. Ein Wunder, dass sie sich sein Angebot überhaupt noch überlegen wollte und nicht sofort abgelehnt hatte. Er suchte verzweifelt nach Worten, um sie aufzuhalten. So einfach wollte er sie nicht gehen lassen.

»Behalte den noch so lange, bis du dich entschieden hast.« Er nahm den Schlüssel hastig vom Tisch und hielt ihn ihr entgegen. Wie irrational das jetzt rüberkam, wusste er. Doch zugleich war diese Geste die einzig logische.

»Okay.« Ihr Zögern dauerte nur einen Herzschlag lang. Dann ließ sie sich von ihm den Schlüssel in die Handfläche legen. Seine Erleichterung euphorisierte ihn geradezu.

»Dann hör ich bald von dir?«

»Versprochen.«

Diesmal begleitete er sie bis zur Tür. Hob sogar noch einmal kurz grüßend die Hand, als sie auf ihr Fahrrad stieg. Wie sehr ihn dieses Wechselbad der Gefühle angestrengt hatte, spürte er, als Angelica aus seinem Blickfeld verschwunden war. Mit wackligen Knien suchte er Halt im Türrahmen. Es gelang ihm nicht, den Tumult in seinem Kopf allein auf seinen Kater zu schieben.

15

»Stell dir vor …«, sprudelten ihr Annes Worte entgegen, »… morgen Abend habe ich ein Date.«

Ohne Angelicas Reaktion abzuwarten, zog die Freundin sie in die Küche und schob sie auf einen Stuhl. Alles an Anne war Erzählen. Mund, Hände und Augen wetteiferten darum, die Neuigkeiten loszuwerden. Als ginge es darum, möglichst schnell alles auf einmal zu berichten. Als könne nur diese Eile Anne davor retten, zu platzen.

Noch während sie sich an der Kaffeemaschine zu schaffen machte, hatte sie bereits die wichtigsten Informationen vor Angelica ausgebreitet. Ein neuer Kollege hatte sie zum Essen eingeladen. Von Anfang an hätte der sich auffallend um sie bemüht, ihr immer die Tür geöffnet, ihr in die Jacke geholfen, ganz Gentleman der alten Schule. Gut sah er aus, auch wenn es natürlich nicht darum ging.

»Wenn er okay ist, dann stelle ich ihn dir schon bald vor«, zwinkerte Anne, drehte sich wie beim Tanz um die eigene Achse und wirbelte dann ausgelassen in der Küche herum.

Angelica begriff plötzlich, woher das Wort »aufgedreht« kam. Noch vor ein paar Wochen wäre ein solches Szenario undenkbar gewesen. Eine völlig in sich gekehrte Anne, ohne den Mut, sich auf neue Situationen und Menschen einzulassen, hätte die Avancen eines Verehrers vermutlich nicht einmal bemerkt.

»Ich glaube, ich bin verliebt!«, rief Anne und ließ sich atemlos auf einen Stuhl fallen.

Verliebt? Davon hatte auch Charlotte Ehrhardt gesprochen. Die alte Dame hatte ihr Verliebtsein als Rausch bezeichnet. Wobei ihr zurückhaltender Erzählton nur wenig von der tatsächlichen Lebendigkeit ihrer Gefühle erahnen ließ. Das jahrzehntelange Erinnern hatte alle Emotionen gründlich konserviert. Ob die junge Charlotte ähnlich ausgelassen wie Anne durch die Küche ihrer Eltern getanzt war?

Annes Begeisterung wirkte ansteckend. Angelica fühlte sich mitgerissen. Gefühle kann man nicht verstehen, begriff sie in diesem Augenblick. Man kann sie nur fühlen. Man durchdringt sie nicht durch Beobachtungen, man kann sie nicht erlernen, sich nicht in ihnen üben. Sie sind nichts, worin man jemals Routine erlangt. Solange man sie selbst nicht gespürt hat, bleiben alle Worte, die sie beschreiben, nur leere Hülsen und jedes gezeigte Verständnis nur gut einstudierte Höflichkeit.

Hatte sie es ihrer Zuneigung gegenüber Anne zu verdanken, dass ihr dadurch auch Annes Gefühle so nahekamen? Dass sie darüber hinaus auch Charlotte auf einmal verstand? Im Verliebtsein steckte etwas beängstigend Uferloses. Etwas, das sich nicht kontrollieren ließ. Etwas, in dem man sich verlieren konnte, wenn man nicht aufpasste.

»Was meinst du? Bin ich verliebt?«

»Ich weiß nicht«, murmelte Angelica verunsichert. »Ich denke darüber nach.«

»Du denkst darüber nach? Du denkst?« Annes Lippen kräuselten sich spöttisch. »Freuen sollst du dich mit mir.«

Angelica zögerte, nickte aber. Natürlich freute sie sich für ihre Freundin. Sie glücklich zu sehen, fühlte sich gut an. Ihre Verwirrung hatte eine andere Ursache. Nur welche?

Ihre Fingerspitzen tasteten sich ganz von allein zu dem Schlüssel in ihrer Hosentasche vor.

16

Paul war wieder weg und ich fühlte mich leer. Ernüchtert. Enttäuscht. So als wäre ich aus einem Traum erwacht. Alles Schöne, das wir erlebt hatten, erschien mir plötzlich wie ein Trugbild, eine Täuschung. Unser Kennenlernen, unsere Vertrautheit, unsere Zärtlichkeit, unsere Versprechungen, unsere Ehe. Ich erwachte und fand mich wieder in mein altes Kinderleben zurückgeworfen. Ich hatte ein Zimmer im Haus meiner Eltern, half meiner Mutter im Haushalt, machte Besorgungen für sie, traf mich mit meinen Freundinnen. Alles war wie vorher, nur dass es jetzt nicht mehr passte. Ich blickte auf und erkannte, wie sehr sich die Welt um mich herum verändert hatte.

An den Grenzen unseres Landes herrschte Krieg. Viele Männer, gerade die Jungen aus meiner Generation, waren als Soldaten an der Front. Das Sterben und Töten hatte Eingang in unseren Alltag gefunden. In der Wochenschau ratterten Panzer über die Kinoleinwände. Aus dem Radio quoll eine Rhetorik in unsere guten Stuben hinein, die jedem vernünftigen Menschen Gänsehaut über den Rücken jagte.

Das Leben in unserer Stadt hatte sich verändert. Die fröhliche Unbefangenheit im täglichen Miteinander war uns abhandengekommen. Alles war anstrengender und straffer. Die Umgangsformen erhielten einen soldatischen Anstrich. Man grüßte sich zackig und militärisch, wiederholte nationale Parolen, beteuerte ständig lautstark die richtige Gesinnung. Alles wurde fester, härter.

Gab das Bild einer kompakten Gemeinschaft ab. Das strahlende Bild eines geeinten Deutschlands verbunden in der Hingabe und Treue zu seinem Führer. Die neue Ordnung hatte sich rücksichtslos in alle Lebensbereiche gedrängt. Alles wurde kontrolliert. Unser Alltag erstarrte unter der eisigen Maske einer rigorosen Ideologie.

Seit September 1941 waren alle Juden verpflichtet, den gelben Judenstern zu tragen. Aber die Repressalien gegen die jüdischen Mitbürger hatten schon viel früher begonnen. Auch in der Schule meines Vaters herrschte der Geist der neuen Zeit. Die Schulleitung gab jüdischen Lehrern und Schülern zu verstehen, dass sie unerwünscht waren. Die ersten jüdischen Familien aus unserem Viertel zogen fort.

Und noch mehr Gesichter aus der Nachbarschaft verschwanden. Oft von einem Tag auf den anderen. Man munkelte dann etwas von Verhaftung. Genaues wusste man nie.

Obwohl niemand es offen zugab, es regierte die Angst. Darunter duckte sich zitternd und eingeschüchtert das echte Leben. Wir wurden misstrauisch. Jeder schien jeden zu bespitzeln und zu denunzieren, und jeder fürchtete sich davor, bespitzelt und denunziert zu werden. Zwischenmenschliche Beziehungen gerieten auf einen erbarmungslosen Prüfstand. Freundschaften konnten von einer Sekunde auf die andere in völlig neuem Licht erscheinen.

Mein Vater wurde aufgrund einer früheren Kriegsverletzung nicht eingezogen, weshalb er weiter in der Schule unterrichtete. Täglich kam er mit neuen Sorgenfalten nach Hause. Er bangte um das Leben seiner Jungs, von denen viele nach ihrem Schulabschluss eingezogen werden sollten. Es verursachte ihm Magenschmerzen, dass man von ihm erwartete, von soldatischem Pflichtgefühl und Heldentum zu sprechen. Er war immer schon ein eher kritischer, unabhängiger Geist gewesen. Nun konnte ich beobachten, wie er von Woche zu Woche schweigsamer wurde. Es tat weh mitanzusehen, wie mein starker und selbstbewusster Vater sich vor meinen Augen in einen zerbrechlichen Menschen verwandelte.

Ganz anders wirkte sich der Krieg auf meine Mutter aus. Dazu muss ich sagen, dass mein Verhältnis zu ihr schon immer etwas kompliziert war und dass auch die Ehe meiner Eltern, na ja sagen wir einmal, ihre Höhen und Tiefen hatte. Allerdings war es ihnen immer irgendwie gelungen, sich zu arrangieren. Die neuen Verhältnisse brachten jedoch ihre Gegensätze gnadenlos zum Vorschein.

Als glühende Anhängerin Adolf Hitlers blühte meine Mutter auf. Sie erinnerte mich an eine Topfpflanze, die man jahrelang in einer verstaubten schattigen Ecke vergessen und nun ins Licht geschoben hatte. Für sie war die Sonne aufgegangen. Sie liebte die Regeln und klaren Vorgaben der neuen Machthaber. Es gefiel ihr, wie übersichtlich sie die Welt einteilten. Mutter war begeistert davon, wie diese Herren die Dinge ordneten.

Offene Fragen, Zweifel und Kritik waren für meine Mutter von jeher ein Graus gewesen. Sie mochte es überschaubar und war darin das absolute Gegenstück zu meinem Vater, dem kritischen Kopf, der alles hinterfragte und darum im Alltag oft die Dinge etwas schleifen ließ.

Meine Mutter warf sich euphorisch dem neuen Zeitgeist entgegen, verfolgte leidenschaftlich jede Ansprache im Radio und kritisierte erbarmungslos alles und jeden, der sich nicht genauso begeistert zeigte wie sie. Unsere

Wohnung wurde zum Schlachtfeld ihrer grenzenlosen Führer-Verehrung. In dem mit Hakenkreuzfähnchen geschmückten Wohnzimmer empfing sie unter dem strengen Antlitz eines Hitlerporträts Frauen aus unserem Stadtteil, mit denen sie in nationalsozialistischer Gesinnung ihre Kaffeekränzchen abhielt.

Zwischen meinem Vater und mir wuchs ein neues Einvernehmen. Beide wussten wir, dass wir meine Mutter niemals ändern oder überzeugen würden, von ihrem Fanatismus abzukommen. Also bemühten wir uns um Schadensbegrenzung.

Wir behandelten sie mit noch mehr Geduld und Nachsicht als zuvor, fast schon so, wie man eine Kranke behandelt, die man vor sich selbst schützen will, in dem man ihr die Wahrheit unterschlägt. Wir verschwiegen ihr unsere Gedanken und Ängste. Aber natürlich spürte sie unsere Zurückhaltung und reagierte darauf mit wachsendem Argwohn. Also bauten Vater und ich, ohne uns abgesprochen zu haben, ihr gegenüber eine Fassade auf, glatt und unscheinbar, um Mutter im Alltag keine Angriffsfläche zu bieten.

Oh ja, alles hatte sich verändert, jedoch nicht zum Guten. Die Welt war voller Abgründe und Gefahren. Mein Vater wurde immer schweigsamer, meine Mutter wurde immer mehr zu einer Fremden und Paul war weit entfernt und nicht mehr als ein Briefpartner, mit dem ich stereotype Zeilen austauschte. Ich fühlte mich so einsam wie noch nie in meinem Leben.

Immer wieder las ich Pauls Briefe, in der Hoffnung, darin etwas aufzuspüren, das mir Trost gab. Ich wollte eine Bestätigung meiner früheren Gefühle. War meine Liebe nur eine Illusion gewesen? Eine selbstverliebte Laune? War ich nur verliebt in das Gefühl, verliebt zu sein? Liebte ich ihn noch? Was war zwischen uns beiden? Oder vielmehr: Was war nicht? Ich gebe zu, es war nicht klug, sich so in Grübeleien zu verlieren. Wie leicht verrennt man sich nur deshalb, weil man den Überblick verliert. Aber eines war klar: Paul und ich würden, falls wir die Chance bekommen sollten, von vorne beginnen müssen.

Doch schon bald traten weitere Ereignisse ein, die mein Leben noch mehr durcheinanderbringen sollten.

Ich langweile sie doch nicht, oder?«

Verwirrt sah Angelica auf und schüttelte heftig den Kopf. »Nein«. Um keinen Preis wünschte sie gerade jetzt eine Unterbrechung. Charlotte sollte weitererzählen. Unbedingt.

»Gut.« Die alte Dame nickte beruhigt und nahm den Faden wieder auf.

»Das Haus, in dem meine Familie wohnte, gehörte meinen Eltern und außer unserer Wohnung im Erdgeschoss gab es noch zwei weitere Wohnungen über uns, die wir vermieteten. Außerdem gab es ein kleines Mansardenzimmer, das ehemalige Dienstbotenzimmer, das als Abstellraum fungierte. Im März 42 beanspruchte mein Vater dieses Zimmer plötzlich für sich. Meine Mutter sah darin nur einen weiteren Spleen ihres Gatten, den sie mit trotziger Herablassung tolerierte. Sie erkannte keinen Nutzen in dem abgelegenen Raum, schließlich war der Salon, den mein Vater als Lese- und Studierzimmer nutzte, um einiges bequemer. Mir indessen war klar, wieso Vater sich in die Einsamkeit flüchtete, nachdem meine Mutter unsere Wohnung schrittweise in eine Stätte ihrer Hitler-Verehrung verwandelt hatte.

Dass dahinter noch viel mehr steckte, sollte ich bald erfahren. Noch heute überrascht es mich, dass er ein so großes Risiko eingegangen war. Mein Vater war ein Theoretiker. Jemand, der viel dachte, ab und an etwas sagte, aber so gut wie nie handelnd in Erscheinung trat. Und nun tat er etwas, das uns alle in Gefahr brachte.

Um welches Geheimnis es ging? Eines Nachts trieb mich ein heftiger Durst in die Küche. Ich tappte gerade im Dunklen durch die Wohnung, als ich die Eingangstür klicken hörte. War jemand gekommen? Im Flur war alles still. War jemand gegangen? Neugierig wie ich war, schlich ich ins Treppenhaus und hörte gerade noch das leise Nachhallen von Schritten, die sich im oberen Stockwerk verloren. Ohne nachzudenken, folgte ich den Geräuschen bis unters Dach. Durch den schmalen Spalt unter der Tür konnte ich sehen, dass im ehemaligen Dienstbotenzimmer Licht brannte. Ich vermutete meinen Vater, also schob ich die Tür auf.

Dort standen sie, mein Vater und ein Fremder, den ich sofort erkannte, als er erschrocken zu mir sah. Es war Hans Breslauer, der Sohn ehemaliger Nachbarn. Die Breslauers hatten einen kleinen Kaufmannsladen in der Nachbarschaft besessen, bis sie sozusagen über Nacht weggezogen waren. Sie waren Juden, kleine Leute, aber von allen sehr geschätzt. Die Breslauers hatten zwei Kinder: Hans, der in etwa so alt war wie ich, und die zwei Jahre jüngere Lilly. Mit beiden hatte ich als Kind einige Male auf der Straße gespielt. Wir waren dabei mehr eine Zweckgemeinschaft als Freunde gewesen und so verloren wir uns später aus den Augen. Ich hörte, dass Hans zum Studieren zu Verwandten nach Berlin gezogen war, und Lilly, so hieß es, hatte man nach London zu einer Tante geschickt. Bis zu diesem Abend hatte ich also an den ehemaligen Nachbarsjungen keinen Gedanken mehr verwendet.

Vater hatte schnell reagiert und eilig hinter mir die Tür geschlossen. Selten habe ich ihn so verunsichert erlebt wie in diesem Augenblick.

»Was machst du hier? Du solltest im Bett sein«, fuhr er mich an.

Hans war in der Zwischenzeit einige Schritte in den dunklen Hintergrund gerückt. In seinem Gesicht stand die blanke Angst. Fast hätte ich aufgelacht, so absurd erschien mir das Ganze. Da stand ich – eine zierliche, wehrlose Frau, barfüßig, mit leeren Händen – in meinem dünnen Nachthemd vor ihm, einem quasi Fremden, einem großen Kerl von gut ein Meter achtzig, und er war es, der sich von mir bedroht fühlte.

Ich dachte gar nicht daran, mich zurückzuziehen. Stur blieb ich stehen, sah beide Männer an.

»Ich gehe erst ins Bett, wenn du mir verrätst, was hier los ist«, erwiderte ich. Ich fand, dass er mir eine Erklärung schuldig war.

Es war das erste Mal, dass ich mich so offen widersetzte.

Vater stöhnte. »Deine Mutter darf hiervon auf keinen Fall etwas erfahren«, sagte er.

Ich war empört. »Denkst du, ich bin blöd und gehe zu ihr? Wofür hältst du mich?« Schließlich entspannte er sich und auch Hans erkannte, dass von mir keine Gefahr ausging. Hans trat aus dem Schatten heraus.

»Guten Abend, Charlotte«, sagte er leise. »Es tut mir leid, wenn ich euch Unannehmlichkeiten bereite.«

»Unannehmlichkeiten?« Ich konnte nicht anders, als zynisch aufzulachen. »Das dürfte wohl die Untertreibung des Jahrhunderts sein«, erwiderte ich.

Nun begann Vater zu erzählen. Ich erfuhr, dass die beiden ihr Versteckspiel schon seit fast drei Monaten trieben, seit Ende März also. Eines Abends hatte Hans meinem Vater im Hauseingang aufgelauert. Es brauchte nicht viele Worte, die Situation war eindeutig. Hans war aus Berlin zurückgekehrt, weil es dort für ihn zu unsicher geworden war. Er hatte in Mainz unterkommen wollen. Doch seine Eltern waren schon Monate zuvor aus Mainz weggezogen. Und nun hatte man zu genau dieser Zeit die Mainzer Juden aufgefordert, ihre Wohnungen zu verlassen und sich in der Feldbergschule einzufinden. Offiziell hieß es, man wolle sie in den Osten umsiedeln. Mit Sonderzügen waren sie alle weggebracht worden. So war Hans nur die Flucht geblieben. Er hatte sich schnell verstecken müssen. In seiner Verzweiflung hatte er sich an seinen ehemaligen Lehrer, meinen Vater, erinnert und ihn abgepasst. »Hans hier oben zu verstecken, war die einzige Lösung«, erklärte Vater.

»Das ist Wahnsinn«, dachte ich und begriff, dass Vater seit Wochen in jeder Nacht nach oben schlich, um Hans mit Proviant und menschlicher Gesellschaft zu versorgen.

»Natürlich wäre es besser, Hans ins Ausland zu schaffen«, erklärte Vater weiter. »Aber eine solche Flucht ist extrem gefährlich. Ohne Papiere, ohne Beziehungen und ohne die geringste Idee, wie man dabei vorgehen muss. Also haben wir uns entschieden, die Situation auszusitzen.«

Unter dem Vorwand, die Dachkammer für sich selbst einzurichten, hatte Vater sie umgeräumt. Er hatte eine zweite Wand eingezogen und so eine Art Geheimraum geschaffen, in dem Hans sich verkriechen konnte. Ein schmaler fensterloser Notbehelf, zu dem er durch einen hinter einem Schrank verborgenen Zugang gelangen konnte. Der Raum war kaum groß genug, um sich darin zu bewegen. Hans hatte darin weder fließend Wasser noch eine Toilette. Auch war es ihm untersagt, sich viel zu rühren, da er sonst Lärm verursachen würde. Alles, was er zum Leben benötige, schaffte mein Vater nach oben. Und alles, was Hans hätte verraten können, beseitigte er akribisch. Kein Wunder, dass mein alter Herr in den letzten Wochen zusehends erschöpfter aussah. Das Geheimnis zehrte an seinen Kräften. Er brauchte dringend meine Unterstützung.«

Auf einmal schrak die alte Dame zusammen.

»Ach du lieber Himmel, ich habe Sie schon wieder viel zu lange festgehalten!«

Ihr Ausruf riss Angelica in die Gegenwart zurück. Nur zögernd erhob sie sich von ihrem Platz und ließ sich zur Haustür begleiten. Es brauchte eine Weile, bis sie auf der Straße vor Charlottes Haus wieder zu sich kam.

17

Seltsamerweise rückte Anne nicht sofort mit ihrem Bericht über ihr Date heraus. »Ist nicht ganz so gelaufen wie erwartet«, war alles, was sie mürrisch von sich gab.

Also beschloss Angelica, zuerst einmal ihrer Arbeit nachzugehen. Die Fenster zu putzen, erschien ihr ein geeigneter Anfang zu sein, um für einen klaren Durchblick zu sorgen. Manchmal hilft es, den Dingen von außen eine neue Ordnung zu verpassen, um auch im Innern für Ordnung zu sorgen. Während sie Annes Fenster von Staub und Rußpartikeln befreite, wütete Anne stumm durch ihre Wohnung, kramte und räumte so lange in ihren Schränken herum, bis sie ihr Wohnzimmer in ein völliges Chaos gestürzt hatte. Dort blieb sie inmitten ihrer Habseligkeiten auf dem Boden sitzen und starrte vor sich hin. Der perfekte Moment, um aufzuräumen, dachte Angelica und setzte sich neben sie.

»Wieso bist du heute eigentlich nicht auf der Arbeit?«, wagte sie einen neuen Gesprächsversuch.

»Weil ich dem Arsch heute nicht begegnen will.«

»Okay, damit dürfte es jetzt offiziell sein: Dein Date war ein Reinfall.«

Anstatt zu antworten, schluchzte Anne auf. Angelica legte sanft den Arm um sie.

»Keine Ahnung, was ich erwartet habe«, sagte Anne, als sie sich etwas gefangen und sich die Tränen vom Gesicht gewischt hatte. »Ich war so berauscht davon, verliebt zu sein. Dabei habe ich offensichtlich nicht bemerkt, dass ich mehr in das Verliebtsein als in den Mann verliebt war.«

»Soll vorkommen«, flüsterte Angelica verständnisvoll.

»Nun gut«, erklärte Anne resolut und erhob sich. »Ich mach uns jetzt einen Tee und erzähle dir dann alles in Ruhe.«

»Alles hat so vielversprechend begonnen«, begann Anne kurz darauf zu erzählen, als sie in der Küche zusammensaßen. »Wir haben uns am Römer getroffen und sind durch die Stadt geschlendert. Er hatte für uns einen Tisch im Palais Thurn und Taxis reserviert. Das Essen war ein Gedicht, der Wein war fantastisch und Ben war einfach wundervoll: Witzig, intelligent, charmant. Die Zeit verging wie im Flug. Nach dem Essen sind wir noch ein wenig umherspaziert, wobei er meine Hand gehalten hat. Er war so süß, ich war total gerührt. Irgendwann haben wir uns dann ein Taxi genommen und als es vor meinem Haus hielt, da hat er mich geküsst. Wow, was war das für ein Kuss! Meine Knie wurden weich und dass, obwohl ich noch im Taxi saß. Ich bat ihn noch zu mir in die Wohnung. Auf ein letztes Glas Wein, sagte ich. Er nickte und wir wussten beide, dass keiner von uns ans Weintrinken dachte.

Es fühlte sich alles richtig an mit Ben. Er war wirklich fantastisch. Zärtlich und leidenschaftlich. In der Nacht hielt er das, was sein Kuss bereits versprochen hatte. Als ich am nächsten Morgen wach wurde und ihn neben mir liegen sah, kam mir die Nacht fast wie ein Traum vor. Ein schöner Traum ... Aber dann ...«, Anne hob theatralisch die Stimme.

»Aber dann?«

»Dann kam der Hammer.« Anne, die es offensichtlich nicht ertrug, das in ihr tobende Gefühlsgewitter im

Sitzen auszuhalten, begann zwischen Kühlschrank und Tisch auf und ab zu tigern.

»Er stellte seltsame Fragen nach Dingen, die mit meiner Arbeit zu tun haben. Im ersten Moment dachte ich, ich hätte mich verhört. Bis ich begriff, dass er mich aushorchte. Nicht nur, dass er versuchte, an Insiderinformationen zu kommen. Alleine das wäre schon ein Grund gewesen, ihn hochkant aus der Wohnung zu werfen. Aber er ging dabei dermaßen direkt vor, als habe er es mit einer Idiotin zu tun.«

»Also hast du den Liebes-Betrüger vor die Tür gesetzt?«

»So schnell, dass er noch nicht mal Zeit hatte, sich seine Hose anzuziehen.«

»Er war noch nackt?«

»Nein, leider nicht. Das wäre zu schön gewesen, denn in dem Augenblick, als ich hinter ihm die Tür ins Schloss warf, kamen meine Nachbarn nach Hause.« Anne kicherte. »Die hatten bestimmt Spaß an seinem Anblick. Wann sieht man schon einen erwachsenen Mann in Superman-Unterwäsche?«

»So hast du ihn nach Hause gehen lassen?«

»Nicht ganz. Seine Schuhe und Klamotten habe ich ihm durchs Fenster nachgeworfen.« Sie grinste. »Das Handy auch.«

»Hast du im Büro mit jemandem darüber gesprochen? Deinem Chef?«

»Ich will die Sache nur ungern aufbauschen. Außerdem ist es mir peinlich.« Sichtlich ruhiger geworden, nahm Anne wieder Platz, griff nach der Teekanne und schenkte ihnen nach. »Jedes Mal, wenn ich Pech mit einem Mann habe, frage ich mich, ob meine Mutter nicht doch recht hatte. Und das regt mich fast noch mehr auf als das missglückte Date.«

Gedankenverloren schaufelte sie Zucker in ihre Tasse, hielt einen Augenblick inne und rührte schließlich mit langsamen Bewegungen ihren Tee um.

»Mein Vater hat uns verlassen, da war ich gerade fünf. Meine Mutter hat sich nie wieder auf eine Beziehung eingelassen. Das Misstrauen gegenüber Männern saß zu tief. In den ersten Jahren fand ich es toll, eine Mutter zu haben, die immer für mich da war. Erst als ich älter wurde, fiel mir auf, dass ich buchstäblich ihr Ein und Alles war. Außer mir gab es keinen anderen Menschen in ihrem Leben. Und soweit es nach ihr ging, sollte es auch in meinem Leben keinen anderen Menschen als sie geben.

Immer wieder hat sie mich ermahnt, misstrauisch zu bleiben. Niemandem zu vertrauen. Sie wurde nicht müde, von Vaters Verrat an uns zu erzählen. So war ich im Grunde immer allein. Freundschaften ging ich erst gar nicht ein und Mutter bestärkte mich täglich in dieser Haltung. Heute weiß ich natürlich, wie egoistisch ihr Verhalten war. Sie konnte es schlicht nicht ertragen, dass ich neben ihr einem anderen Menschen meine Zuneigung schenken könnte. Sie wollte mich ganz für sich haben.

Ein Jahr nachdem Vater gegangen war, mussten wir ausziehen. Mutter konnte das Reihenhaus nicht bezahlen, also zogen wir in eine kleine Wohnung, in einen anderen Stadtteil. Dort war alles enger, lauter, schmutziger. Die wenigen Spielkameraden, die mir bis dahin noch geblieben waren, wurden damit ebenfalls unerreichbar. Mutter und ich wuchsen noch enger zusammen.

Als ich in die vierte Klasse kam, ging sie wieder arbeiten. Mir blieb nichts anderes übrig, als den Haushalt zu übernehmen. Wenn sie am Abend erschöpft nach Hause kam, hatte ich schon eingekauft und aufgeräumt, manchmal sogar etwas gekocht. Der Alltag fiel ihr schwer. Sie kam nur schlecht mit ihren Kollegen zurecht. Oft war sie niedergeschlagen, ja depressiv.

Ich war der einzige Mensch, dem sie traute. Der einzige Mensch, der sie liebte und ihr Kraft gab. Sie war abhängig von mir.

Natürlich gab es immer wieder einmal Phasen, in denen ich aufbegehrte. Ich beneidete meine gleichaltrigen Schulkameraden um ihre Freiheit. Mit vierzehn verabredete ich mich das ein oder andere Mal. Doch jedes Mal, wenn ich ausging, wurde Mutter krank. Sie hatte schon immer unter Kopfschmerzen gelitten, nun streckten sie aber fürchterliche Migräneattacken nieder. Leidend lag sie im dunklen Schlafzimmer, außerstande, nur einen Handgriff zu machen. Wie hätte ich da unbekümmert mit meinen Freunden losziehen können? Es war mir schlicht unmöglich, die Zeit außer Haus wirklich zu genießen. Mein schlechtes Gewissen, sie in diesem Zustand allein zu lassen, trieb mich immer überpünktlich zurück.

Also lud ich Schulkameraden zu mir ein. Doch auch das war keine Lösung. Sobald jemand zu Besuch war, wurde Mutter unerträglich. Wie ein Geist stand sie dann bei mir in der Tür, bleich, jammerte über ihre Schmerzen und setzte so ihr Leiden in Szene. Es dauerte nicht lange und niemand wollte mehr zu mir kommen. Sie hatte alle vergrault.

Ich frage mich, ob sie ihre Kopfschmerzen bewusst einsetzte. Es ist natürlich absurd, einem Menschen sein Kranksein vorzuhalten, und dieser Gedanke verursacht mir ein schlechtes Gewissen. Aber ich finde, als Mutter hätte sie Rücksicht auf mich nehmen müssen. Sie hätte sich nicht so gehen lassen dürfen. Stattdessen nutzte sie ihr Leiden, um mich an sich zu binden.

Ich wurde immer unzufriedener. Aber zugleich wuchs auch mein schlechtes Gewissen. Denn mein Wunsch nach Freiheit richtete sich gegen den einen Menschen, den ich liebte und der mich am meisten von allen brauchte. Ein Teufelskreis.

Es dauerte lang, bis ich das Verhalten meiner Mutter in Frage stellte. Ich glaube, irgendwann hatte sie einfach den Bogen überspannt. Denn egal wie viel Zeit ich ihr auch schenkte, nie war sie zufrieden. Ja, mit den Jahren wurde sie immer gieriger. Als ich die Schule beendet hatte und zu studieren anfing, reagierte sie eifersüchtig auf jede Stunde, die ich an der Uni und beim Lernen verbrachte. So wollte sie wohl verhindern, dass ich nach dem Studium auszog und ein eigenes Leben führte. Die Vorstellung, dass ich allmählich erwachsen und unabhängig wurde, erschien ihr unerträglich. Die Angst, mich zu verlieren, setzte ihr so sehr zu, dass sie ihre Emotionen nicht mehr unter Kontrolle hatte. An manchen Tagen überschwemmte sie mich mit Fürsorge und Liebe, an anderen Tagen traktierte sie mich mit Vorwürfen. Wir stritten oft und in diesen Momenten erkannte ich endlich das Ausmaß ihrer Selbstsucht. Ich sei so unzuverlässig wie mein Vater, warf sie mir vor. Auch ich würde sie eines Tages enttäuschen und verlassen.«

Wie einen Taktstock schwenkte Anne ihren kleinen Löffel durch die Luft. Ihr Tee war längst kalt geworden. Sie schien ihn völlig vergessen zu haben.

»Tja, und irgendwie hat meine Mutter sogar recht behalten. Nach dem Studium bin ich ausgezogen. Meinen Job habe ich danach ausgesucht, möglichst weit weg von ihr zu kommen. Seitdem haben wir kein Wort mehr miteinander gesprochen.«

Anne nippte an ihrer Tasse und verzog das Gesicht. Ob der kalte, überzuckerte Geschmack sie dazu veranlasste oder der Gedanke, der ihr kam, war nicht zu unterscheiden.

»Ist doch seltsam, oder? Egal wie alt man wird, seine Eltern trägt man ein Leben lang mit sich herum. Ich meine, man erbt weitaus mehr als physische Merkmale. Mehr als Geld. Immer steckt noch ein wenig Leben der Eltern im eigenen Leben drin. Sogar dann, wenn man alles anders machen will. Ja, gerade dann erst recht. Weil man so sehr damit beschäftigt ist, sich von den Eltern abzugrenzen, dass man völlig übersieht, was man im Grunde wirklich will. Der Gedanke, es anders zu machen, kann einem völlig den Blick vernebeln.«

Angelica nickte verhalten. Annes Worte setzten ihr zu. Die Freundin sprach mit ihr, als müsse Angelica sie verstehen. Als habe sie Zugriff auf den gleichen Vorrat an Erfahrungen. Als sei auch sie einmal Kind gewesen, als habe auch sie die üblichen Befreiungskämpfe einer Heranwachsenden ausgefochten. Nun war sie es, die ihrer Erregung Platz schaffen musste.

»Ich mach dann mal weiter«, murmelte sie, sprang auf und bugsierte ihre Tasse in die Spülmaschine. Unter dem Vorwand aufzuräumen, sammelte sie Gläser und Teller ein, die auf der Spüle und auf der Arbeitsplatte herumstanden. Diese Handgriffe erlaubten ihr, Anne für einen Moment den Rücken zuzukehren. Distanz zu schaffen, Freiraum für ihre Gedanken.

Sie wusste nicht, wie es war, in einer Familie aufzuwachsen. Wie es war, Eltern zu haben. Sie wusste nicht, welches Erbe sie mit sich trug. Sie wusste nicht, woher sie kam und wer sie war.

Mochte sein, dass Anne sich unfrei fühlte, weil ihre Vergangenheit ihr Leben beeinflusste. Doch was sollte sie dazu sagen? Dass grenzenlos frei zu sein, weil man keine Vergangenheit besaß, sich besser anfühlte? Wohl kaum.

Würde es etwas ändern, wenn sie Anne davon erzählte? Einen Moment lang spielte sie mit der Versuchung, sich anzuvertrauen. Würde sie so ihre Einsamkeit überwinden? Indem sie ihre Geschichte mit jemandem teilte? Anne würde ihr zuhören, sie würde versuchen zu verstehen. Aber es würde bei dem Versuch bleiben. Denn wie sollte Angelica etwas erklären, was sie selbst nicht begriff. Sie wollte die Freundin nicht befremden und dadurch verlieren. Daher lehnte Angelica sich gegen den Küchenschrank und schwieg.

Anne, die viel zu tief in ihrem Bericht verstrickt war, um etwas von Angelicas innerem Aufruhr zu bemerken, fuhr mit der Erzählung fort.

»Obwohl ich nun wirklich frei bin, das zu tun, was ich will, kann ich mich noch immer nicht von meiner Mutter lösen. Ich muss mich ständig aufs Neue darum bemühen, offen und unvoreingenommen gegenüber anderen zu sein. Es kostet mich enorme Überwindung, mich einem anderen Menschen zu öffnen. Vielleicht will ich es deshalb zu sehr und vielleicht geht es deshalb auch immer wieder schief. Und jedes Mal, wenn es schief geht, höre ich meine Mutter sagen, sie habe es mir ja gleich gesagt.«

»Na ja, es geht doch nicht immer schief«, warf Angelica ein.

»Stimmt.« Anne lachte. »Und darum werde ich nicht aufgeben. Irgendwann werde ich den Mann fürs Leben finden.«

Woher kommt bloß dieser unerschütterliche Wunsch nach Liebe, fragte sich Angelica. Wieso ist anscheinend keiner sich selbst genug? Liegt in der Nähe zu einem anderen Menschen etwas, das man sich selbst nicht geben kann? Sagt Liebe am Ende etwas darüber aus, wer man ist? Oder warum? Für jeden, den sie kannte, hatte Liebe eine besondere Bedeutung. Sogar dann noch, wenn sie verletzte oder täuschte. Wie ein roter Faden zog sich das Streben nach Liebe durch das Leben jedes Einzelnen.

Annes Enttäuschung schmolz schneller dahin, als sie sich Zeit genommen hatte, ihr Raum zu geben. Der Wunsch nach zukünftigem Glück war größer. So wurde das missglückte Date zur komischen Anekdote. Im Strudel gelachter Worte über den Superman-Unterhosen-tragenden Ben versandete ihr Kummer nahezu spurlos. Anne würde weitersuchen. Und Angelica würde sie dabei fasziniert begleiten. Würde zuhören und zuschauen, um durch das Leben der Anderen dem Leben selbst auf die Spur zu kommen. Und um vielleicht irgendwann einen Zugang zu ihrem eigenen Glück zu finden.

18

Für Rolf kam es einem Wunder gleich, als Angelica eines Abends tatsächlich vor seiner Tür stand, um mit ihm die Rahmenbedingungen seines Angebots zu besprechen. Nun war sie einmal in der Woche an jedem Mittwoch sein Gast. Obwohl Gast natürlich nicht das richtige Wort war, da sie vorbeikam, um für ihn zu arbeiten. Aber er betrachtete sie wie einen Gast und bemühte sich entsprechend, ihre Aufenthalte angenehm zu gestalten.

Ohne darüber zu sprechen, passte er seinen Terminplan dem ihren an, um mittwochs zu Hause zu sein, wenn sie eintraf. Er genoss es, sie in seiner Nähe zu wissen. Seine Wochen erhielten durch ihre regelmäßigen Besuche einen neuen Rhythmus, bei dem der Mittwoch zweifelsohne den Höhepunkt beschrieb.

Da ihr Termin bei ihm das Ende ihres Arbeitstages markierte, gewöhnte er sich an, sie nach getaner Arbeit noch auf einen Tee oder Kaffee einzuladen. Und da ihre Gespräche immer öfter kein Ende fanden, mündete seine Einladung immer regelmäßiger in einem gemeinsamen Abendessen. Das Kochen, das früher eine seiner Lieblingsbeschäftigungen gewesen war, gewann wieder an Bedeutung. Während Angelica in seinem Haus ihrer Arbeit nachging, wirbelte er mit Begeisterung durch die Küche, entdeckte neue Rezepturen, grub behutsam Vergessenes aus, mischte Altes mit Neuem. Er entwickelte noch nie dagewesene Kombinationen und servierte ihr, nervös vor Spannung und Vorfreude, jeden Mittwoch ein anderes Gericht.

Anfangs musste er Angelica noch überreden. Der unübersehbare Aufwand, den er ihr widmete, brachte sie in Verlegenheit. Doch der Zauber seiner Kochkünste nahm sie schnell für ihn ein.

Ihre Erkundungslust stand seiner Experimentierfreude in nichts nach. Egal was er auftrug, Angelica probierte. Begeistert kaute sie, schlürfte, schluckte, lutschte, schmatzte und schnalzte mit der Zunge, sobald sie sich etwas auf ihr zergehen ließ. Ungehemmt nahm sie die Finger zur Hilfe, tauchte sie in Soßen, tunkte sie in Cremes und Marinaden, stahl ungeduldig kleine Happen aus Töpfen und Schüsseln und schob sich die letzten kleinen Krümel in den Mund.

Anfangs belustigte ihn ihre hemmungslose Neugier. Ein wenig war ihm ihre Begeisterung sogar peinlich. Doch schließlich freute er sich über ihr extravagantes Verhalten. Die Offenheit, mit der sie alles Neue begrüßte, machte ihn fassungslos. Hatte er jemals einen Menschen getroffen, der sich mit so viel kindlicher Freude einer Sache gewidmet hatte? Mit niemandem, den er kannte, war Angelica zu vergleichen.

Und mit jeder weiteren Begegnung geriet er stärker in ihren Bann.

Ermutigt durch seine Erfolge wagte er sich immer weiter vor. Die Gerichte wurden immer aufwendiger, seine Arrangements aus Speisen und Getränken immer raffinierter. Der passende Aperitif, die richtigen Weine, die idealen Liköre und Champagner.

Die Sinnlichkeit, die sie miteinander teilten, brachte sie einander näher. Nur ungeschickt verdrängte Rolf den Gedanken, dass er Angelica irgendwie bei jedem ihrer Besuche ein wenig mehr verführte. Denn in der Wohlfühlatmosphäre seiner Küche öffnete sich die ansonsten eher stille Frau. Ihre Gespräche hatten schon lange die Banalität des Small Talk verlassen. Nicht wenig staunte Rolf über das schier grenzenlose Wissen Angelicas, die ihren Lebensunterhalt durch das Putzen fremder Haushalte bestritt. Wie kam sie zu solchen Sachkenntnissen? Wie zu den historischen Fakten? Woher hatte sie bloß die Fertigkeit, so viele Sprachen in dieser Perfektion zu sprechen?

Seine Neugier wuchs mit jeder Begegnung. Den Mut, sie direkt darauf anzusprechen, fasste er jedoch erst nach Wochen und nach einer besonders großen Dosis Wein.

»Gib es zu, gestehe: Du schreibst heimlich an deiner Dissertation über die homerische Frage und suchst nur noch nach einem Doktorvater.«

»Welche Frage Homers?«, antwortete Angelica albern. Auch sie hatte dem Wein an diesem Mittwoch mehr als sonst zugesprochen. »Darüber, ob er weißen oder roten Wein bevorzugte? Du darfst mir gern noch etwas nachschenken.«

»Du bist mir ein echtes Rätsel, Angelica. Jemand wie du ist doch total überqualifiziert fürs Putzen. Ich will dir nicht reinreden. Aber solltest du das mehr als nur vorrübergehend geplant haben, dann wäre es eine echte Verschwendung.«

»Wie kann das Verschwendung sein? Immerhin sitze ich hier in deiner Küche und esse dieses göttliche, wie heißt es doch gleich?«

»Soufflé. Du isst Zitronensoufflé.« Rolf seufzte, weil er spürte, dass es nicht so leicht werden würde, hinter ihr Geheimnis zu kommen.

»Übrigens mochte er weder den Weißen noch den Roten. Er litt zeitlebens unter Sodbrennen. Er verdünnte ihn so sehr mit Wasser, dass er quasi nie einen Rausch erlebt hat. Anders als ich heute Abend. Ich glaube, ich habe einen Schwips.« Kichernd lehnte sie sich zurück. »Du darfst heute Abend meine Worte nicht auf die Goldwaage legen.«

»Ach Angelica, am liebsten möchte ich dich auf eine Goldwaage legen. Dein Gewicht in Gold aufwiegen. Du bist unbezahlbar. Ich muss dir danken, denn du hast aus meiner unwirtlichen Behausung ein Heim gemacht. Und das nicht nur, indem du hier den Staub wegwischst.«

»Um meinen Goldwert zu steigern, leistest du kalorientechnisch betrachtet nicht wenig. Hätte ich nicht so eine göttliche Verbrennung, dann wäre ich schon rund wie die Tonne von Diogenes. Apropos Verschwendung. Jemand wie du ist eigentlich überqualifiziert zum Studium fast vergessener Texte. Hast du schon mal daran gedacht, ein Restaurant zu eröffnen?«

»Touché.« Lachend gab sich Rolf geschlagen. Es würde ihn noch viele Mittwoche kosten, hinter ihr Rätsel zu kommen. Doch genau darüber war er in diesem Moment unsagbar froh. Die Aussicht darauf, ihre Anwesenheit auch in Zukunft genießen zu können, beschwingte ihn nicht weniger als der Wein.

19

Jedes Mal, wenn Angelica Charlottes Haus betrat, versank sie in den Tiefen einer anderen Zeit. Alles in dieser Wohnung war wie Materie gewordene Erinnerung, die sie fest umschloss und von der Gegenwart abschirmte. Wie Zweige und Äste in einem dichten Wald wuchsen ihr die zahlreichen Andenken aus Charlotte Ehrhardts Leben entgegen. Die Geister der Vergangenheit warteten nur darauf, sie in Beschlag zu nehmen. Sofort hob ein leises Flüstern und Murmeln an. Durch das jahrelange Schweigen der alten Dame hatten sie nichts von ihrer Kraft eingebüßt. Im Gegenteil, ihre Essenz hatte sich dadurch nur verdichtet und an Energie gewonnen.

Angelica taumelte benommen zu ihrem Platz. Diesmal warteten neben dem Teegeschirr bereits die weit auseinandergefächerten Bilderstapel auf sie. Die Gesichter darauf waren ihr inzwischen vertraut. Mit melancholischem Ernst blickten Charlotte Ehrhardts Eltern, Tanten und Onkel in eine unerreichbare Ferne. Angelica begrüßte sie mit einem leichten Nicken.

Wie jedes Mal schenkte Charlotte zuerst Tee ein, dann begann sie zu erzählen. Ruhig flossen ihre Worte dahin wie ein Fluss, der seinen Weg ganz allein fand.

»Die Schrecken des Krieges rückten näher. 1940 fielen die ersten Bomben auch auf Mainz. Unsere Angst erhielt eine neue Dimension. Der Krieg mit seiner tödlichen Bedrohung war von nun an keine abstrakte Größe mehr. Wenn die Sirenen heulten, dann rannten wir um unser Leben, krochen hinunter in die dämmrige Enge von Kellern und Luftschutzbunkern, auf einmal beteten wir, bangten und hofften. Die Angst, das war der Schweißgeruch des anderen dicht neben dir, das waren die schalen Witze, die abgenutzten Parolen, das Wimmern kleiner Kinder.

Der Schutz, den unsere Dachkammer Hans bot, wurde immer trügerischer. Vor den Nazis konnten wir ihn verstecken, aber vor den Bomben bot sie keine Sicherheit. Doch sobald wir unsere Bedenken äußerten, gab Hans sich mutig und behauptete, keine Furcht zu haben. Ich glaubte ihm nicht. Nachdem die ersten Wohnhäuser von Bomben getroffen wurden, begann mein Vater damit, seine geheime Bibliothek umzusiedeln. Stapelweise trug er Bücher davon, verteilte sie auf andere kleine Verstecke im Haus und gab sie wohl auch fort. Die Bücher waren Hans' Mitbewohner gewesen und nun musste mein Vater zusehen, wie die verbotenen Werke von Remarque, Keun, Seghers, Tucholsky, Kästner, Ringelnatz, Heine, den Manns, Feuchtwanger, Döblin, Brecht und vielen anderen das Versteck verließen, um woanders in Sicherheit gebracht zu werden. Es war beschämend, dass es so viel leichter war, Papier zu retten als einen Menschen. Hans versuchte, uns aufzuheitern. Nun, da er seine stummen Gesellschafter verloren habe, müsse ich ihn eben häufiger besuchen, sagte er.

Das tat ich und ich tat es gerne. So oft sich die Gelegenheit bot, schlich ich mich nach oben, meistens in der Nacht, um Mutters Argwohn nicht zu wecken.

Hans war ein angenehmer Erzähler. Und er war ein guter Zuhörer. Anders als mein Vater, der in mir immer noch ein Kind sah. Der es nicht gewohnt war, dass ich mir meine eigene Meinung bildete und ihm zuweilen auch widersprach. Und anders als Paul, der so weit weg und unerreichbar war. Dessen seltene Briefe inzwischen wie hölzerne Monologe klangen.

Ich begann, Hans mit Paul zu vergleichen. Hatte mich mein Mann je wie eine gleichberechtigte Partnerin behandelt? Mich je nach meiner Meinung gefragt? Sich je meinen Argumenten gebeugt? Ohne es zu wollen, begann ich meine Beziehung mit ihm in Frage zu stellen.

Natürlich war das nicht fair. Paul konnte sich gegen meine Vorwürfe nicht wehren. Er war fort. Inzwischen erschien mir unsere gemeinsame Zeit nur noch wie ein ferner Traum. Wie etwas, von dem ich mich fragte, ob es denn wirklich stattgefunden hatte.

In meiner Einsamkeit machte ich Hans zu einem Spiegel meiner eigenen Situation. Dabei war seine Lage so viel verzweifelter als meine. Er wusste nicht, wohin es die Seinen verschlagen hatte. Es gab für ihn keine Möglichkeit, Kontakt mit ihnen aufzunehmen. Im Grunde war er der einsamste Mensch, der mir je begegnet war. Vielleicht hörte er mir deshalb stundenlang zu. Weil außer mir kein anderer da war, der mit ihm sprach. Für meine Gefühle machte dies allerdings keinen Unterschied.

Sie ahnen es bestimmt, meine Liebe, nicht wahr? Im Laufe dieser Nächte, die ich heimlich mit Hans in seinem Versteck verbrachte, verliebte ich mich in ihn. Und er? Abgeschnitten von der Welt, dazu verurteilt, die meiste Zeit des Tages in völliger Untätigkeit zu verbringen, musste mich als ein Geschenk des Himmels betrachtet haben.

Sie haben ja die Bilder gesehen. Ich war hübsch. Und jung. Und wissbegierig. Alles, was mir Hans erzählte, fand ich ungeheuer spannend. Er erzählte mir von seiner Familie, an deren Mitglieder ich mich noch gut erinnern konnte. Er erzählte von seinem Studium, seinen Kommilitonen, seinen Vorlesungen. Und er erzählte von Berlin. Oh ja, von Berlin, von dieser wundervollen Metropole, diesem Zauberreich, das ich mir wie den Mittelpunkt der Welt vorstellte, ich, die ich noch nie wirklich aus Mainz herausgekommen war. Meine Bewunderung hat ihm sicher sehr geschmeichelt. Und getröstet.

Es war paradox, aber dieser Gefangene in seiner kleinen Zelle öffnete mir ein Tor zu einer neuen Welt. Noch bevor ich mir eingestand, dass ich Hans liebte, träumte ich davon, mit ihm gemeinsam die ferne große Welt zu erleben, irgendwann, wenn der Krieg endlich vorbei sein sollte.

Dann kam jene Nacht im August 1942. Es war der elfte August. Ich erinnere mich deshalb so genau an das Datum, weil mein Großonkel Fritz seinen siebzigsten Geburtstag hatte. Ein großes Familienfest war geplant. Und wir wurden sogar eingeladen, bei der Verwandtschaft im zehn Kilometer entfernten Marienborn zu übernachten. Das war natürlich viel bequemer so. Aber Vater zögerte. Er wollte Hans nicht so lange unversorgt lassen. Außerdem mied er seit Jahren den engen Kontakt zu diesem Zweig der Familie. Ein ständiger Zankapfel zwischen meiner Mutter und ihm, die ihm deshalb regelmäßig Vorwürfe machte.

Ihr gefiel es, wie erfolgreich sich ihre Onkels und Cousins in die neue Politik einmischten. Schließlich gab Vater nach. Eine offene Absage wollte er nicht riskieren. Also nahm er extra Urlaub, es war ja mitten in der Woche, doch da mein Großonkel so ein hohes Tier in der Partei war, gab es keine Probleme.

Hans beruhigte uns, so wie er es immer tat. Es würde schon alles gut gehen. Er habe genug Proviant und auch das Alleinsein könne er gut aushalten. Also fuhren wir.

In der Nacht heulten plötzlich die Sirenen. Wir flüchteten in den Keller und hofften das Beste. Als wir wieder nach oben kamen, war uns sofort klar, dass etwas Schreckliches passiert war. Der Angriff hatte Mainz schwer getroffen. Der Himmel über der Stadt war blutrot. Weite Teile der Stadt brannten lichterloh. Als der Morgen anbrach, stand eine riesige Rauchwolke am Horizont.

Vater wollte zurück, er rechnete mit dem Schlimmsten. Unsere Verwandten versuchten, ihn zurück zu halten. Doch er war entschlossen. Ich bettelte darum, ihn begleiten zu dürfen, aber er bestand darauf, dass ich vorerst bei Mutter blieb.

In der kommenden Nacht folgte ein zweiter Luftangriff. Es war ein Schrecken ohne Ende. War Vater in Sicherheit? Stand unser Haus noch? Lebte Hans? Die Nachrichten, die uns erreichten, waren niederschmetternd. Große Teile der Altstadt waren zerstört worden. Die Stiftskirche St. Stephan war bis auf ihre Grundmauern niedergebrannt. So etwas Grauenhaftes hatten wir bis dahin noch nie erlebt. Und natürlich gab es Tote und Verletzte. Die Lage erschien uns allen sehr chaotisch. Nun hielt auch mich nichts mehr zurück.

Ich ließ Mutter in Marienborn und machte mich auf den Weg. Das Bild, das sich mir bot, war grauenerregend. Das Bombardement hatte eine schreckliche Wunde in meine schöne Heimatstadt geschlagen. Aber wie durch ein Wunder war unser Viertel verschont geblieben. Als ich in unserer Straße ankam, brach ich in Tränen aus. Es war ein Wunder, dass dieser Teil der Stadt unversehrt geblieben war. Mein erster Gang führte mich direkt unters Dach. Hans kam mir entgegen. Seinen Blick werde ich nie vergessen. Schweigend nahm er mich in die

Arme. Meine Erleichterung war unendlich groß. Unser Kuss war das Natürlichste der Welt. Erst als ich Vaters Schritte hinter uns hörte, lösten wir uns voneinander. Von da an änderte sich unser Verhältnis von Grund auf. Es gab nichts Trennendes mehr zwischen uns.«

Charlottes Worte versiegten. Still und schwer stand ihre Geschichte im Raum. Ihr Blick suchte erschöpft nach Angelica. Obwohl sie in die Gegenwart zurückgekehrt war, verharrte ein Teil von ihr noch immer in der Vergangenheit und würde auch in Zukunft dort verharren. Nachdenklich nahm Charlotte den Faden ihrer Rede wieder auf. Zunächst ganz leise, in sich gekehrt, dann immer fester und selbstbewusster.

»Ehebruch. Dieses Wort klingt hart. Hatte ich Gewissensbisse? Ich gehöre zu einer Generation, der Treue als absolutes Ideal gepredigt wurde. Aber diese Unterscheidung in schwarz und weiß, in richtig und falsch, ist eine Illusion. Das Leben ist nicht in diese Kategorien einzuteilen. Das Leben ist Veränderung. Und wer wirklich lebt, der verändert sich ständig. Nur wer das begreift, kann verstehen und verzeihen. Auch sich selbst verzeihen. Das Absolute, dafür ist der Mensch meiner Meinung nach nicht geschaffen. Daran zerbricht er oder er stumpft ab.

Ich glaube nicht, dass Hans und ich unter normalen Umständen überhaupt ein Paar geworden wären. Obwohl wir uns von früher kannten, hatten wir nie ein besonderes Interesse aneinander gezeigt. Wir waren kein normales Paar. Wir waren auf unsere Weise beide Gefangene und beide sahen wir im anderen den einzigen Ausweg. Für Hans war ich das Fenster zur Außenwelt. Eine Art Rettungsanker, den er zum Überleben brauchte. Und für mich war er ein Traumbild. Auf ihn projizierte ich ein anderes Leben, eines, das ich nie hatte und von dem ich ausging, dass ich es niemals haben würde.«

Mühsam erhob sich die alte Dame von ihrem Sessel.

»Bitte bleiben Sie noch etwas sitzen«, sagte sie. »Ich werde nur eben mal etwas frische Luft hereinlassen.« Sie schob sich schwerfällig zum Fenster und öffnete es.

Angelica staunte. Eben noch war Charlotte für sie eine junge Frau gewesen, voller Sehnsucht nach Liebe und Zukunft. Nun war sie wieder zur Greisin geworden und erschien älter denn je. Viel zu weit umspielte der Stoff ihres leichten Leinenkostüms den dürren Körper. Trotz aller Sorgfalt, die Charlotte Ehrhardt in ihre Erscheinung legte, war aus den Proportionen ihres mageren Puppenkörpers kein stimmiges Bild mehr zusammenzufügen. Ihre Füße steckten in eleganten, aber riesigen Pumps. Die großen, von blauen Adern durchzogenen Hände mit den langen knotigen Fingern wirkten wie unbeholfene Werkzeuge. Bis auf ihre Hände und Füße war Charlotte zusammengeschrumpft. Das Alter hatte alles Elastische, Weiche und Anschmiegsame aus ihrem Körper herausgezogen. Die Haut hing welk von ihrem Gesicht und Hals hinab, während sie sich über dem Schädel, der gut sichtbar durch das schüttere Haar hindurch schimmerte, spröde und fast durchsichtig spannte. Das Elfenbeingelb ihrer Zähne bleckte zwischen den schmalen, faltigen Lippen hervor. Einzig ihre bernsteinbraunen Augen leuchteten ungebrochen. Jede Bewegung kostete die alte Dame große Kraft und Konzentration. Das Leben selbst war ihr zur Mühsal geworden.

Wie geht man damit um, wenn das Alter den eigenen Körper unaufhaltsam in einen Fremden verwandelt? Was unternimmt man, wenn die Zeit zum Feind wird?

Wie kann man eine solche Metamorphose auf Dauer überhaupt ertragen? Oder kann man sie vielleicht nur ertragen, weil sie so lange andauert?

Jetzt sah Angelica es überdeutlich. Der Tod war nah. Darin bestand kein Zweifel und sie war sich sicher, dass auch Charlotte es wusste. Ja, vielleicht schon seit ihrer ersten Begegnung wusste.

Die alte Dame nickte ihr zu. »Für heute ist es genug«, entschied sie.

Ein einfacher Händedruck an der Tür war ihr Abschiedsgruß. Worte brauchten die beiden an diesem Tag nicht mehr.

20

Auf dem Heimweg dämmerte es bereits. Nachdenklich schob Angelica ihr Fahrrad neben sich her. Sie hatte es nicht eilig, Schritt für Schritt ließ sie die Begegnung mit Charlotte Ehrhardt Revue passieren. Die Geschichte der alten Dame vereinnahmte sie auf eine Weise, wie sie es bisher noch bei keinem anderen ihrer Kunden erlebt hatte. Die ersten Sterne blitzten gerade auf, als sie den Schrottplatz erreichte.

Sie legte gerade ihr Rad ins Gras neben dem Wohnwagen ab, da löste sich eine Gestalt aus der Dunkelheit.

»Nicht erschrecken. Ich bin es«, sagte Rolf.

Angelica fuhr dennoch erschrocken zusammen. »Was machst du hier?« Sein Auftreten an ihrem privaten Rückzugsort erschien ihr völlig unangemessen. Sie war es, die in das Leben der anderen trat, nicht anders herum.

»Ich wusste nicht, wann du kommst, und habe auf dich gewartet.« Er sprach so vorsichtig, als fürchtete er, sie zu verschrecken. Seine Verlegenheit rührte sie.

»Komm, setzen wir uns«, sagte sie und zeigte auf die kleine Bank neben dem Wohnwagen.

Sich räuspernd, nahm er neben ihr Platz. »Ich habe dir etwas mitgebracht«, überwand er nach einigen Sekunden sein Schweigen.

»Mir?«

»Ich konnte nicht bis zum nächsten Mittwoch warten.« Ein weißer Umschlag zitterte in seiner Hand.

»Ein Geschenk?«

»Ein Geschenk.«

»Und nun willst du, dass ich es aufmache?«

»So ist es üblich, ja.«

Sie nahm das Kuvert aus seiner Hand und zog einen festen Papierstreifen heraus.

»Es ist eine Eintrittskarte«, erklärte Rolf. »Ich möchte gerne mit dir in die Oper gehen. In zwei Tagen. Ich will dich einladen. Wir könnten anschließend auch noch etwas essen. Ganz wie du möchtest.«

»Du willst mit mir ausgehen?«

»Ich würde mich freuen, wenn du Ja sagst.«

»Ja. Gerne. Ja, ich freue mich.«

»Dann hole ich dich ab?«

»Nein, ich komme selbst hin. Wir treffen uns dort.«

»Gut«, sagte er euphorisch und sprang auf. »Dann gehe ich jetzt.«

Auch Angelica erhob sich. Es war seltsam, aber Rolfs Nähe war ihr vertraut, der Klang seiner Stimme, sein Geruch, seine Statur, seine Art sich zu bewegen, sein Mienenspiel, welches sie sogar noch im Dunkeln bestens erraten konnte. Wieso fühlte sie sich dann auf einmal so verunsichert? Woher kam plötzlich dieses unbequeme Gefühl, sich überwinden zu müssen.

»Danke«, murmelte sie und hauchte ihm einen sanften Kuss auf die Wange.

»Ich danke dir«, flüsterte er zurück und küsste sie ebenso sanft, aber direkt auf den Mund. Noch während Angelica um passende Worte rang, hatte ihn die Dunkelheit bereits wieder verschluckt.

21

Aufgewühlt. Kein anderes Wort hätte ihren Gefühlszustand besser beschreiben können. In ihrem Innern tobte ein Sturm, der alles durcheinanderwirbelte. Da waren keine klaren Grenzen mehr erkennbar, die ihr hätten helfen können, sich zurechtzufinden. Keine Uferlinie, die das Denken vom Fühlen trennte. Kein fester Boden unter den Füßen, der ihr Halt gab. Aufgewühlt. Wie oft hatte sie diese Redewendung andere schon sagen hören. Und immer war ihr dieses Wort ein wenig lächerlich, ja peinlich erschienen angesichts seiner übertriebenen Dramatik.

Chris' Mutter Cornelia bezeichnete sich selbst gern als ›aufgewühlt‹, wenn sie Stress im Büro hatte. ›Ich bin noch ganz aufgewühlt‹, sagte sie dann. Aber es war nichts, was sich nicht durch eine halbe Stunde ruhiges Zuhören und zwei Tassen Tee wieder glätten ließe.

›Aufgewühlt‹ war auch die Vokabel, die Anne manchmal benutzte, um die Wirkung kleiner Alltagsturbulenzen auf ihre gute Laune zu beschreiben. Meist sprang sie dann in ihre Joggingsachen und rannte eine Stunde lang über Wiesen und Felder, erst dann kam sie erleichtert und beruhigt wieder nach Hause.

›Aufgewühlt‹ war bisher immer eine Vokabel gewesen, die gern etwas übertrieb, denn mit dem Bild von gefahrvollen Strömungen und schicksalshaften Untiefen, von Schiffbruch und Ertrinken hatte keine dieser Gemütslagen etwas zu tun gehabt.

Nun fragte sie sich, ob andere ihr das Aufgewühltsein ebenso absprechen würden. Denn alles das, was sie jetzt empfand, passierte tief in ihr drinnen. Ihr Körper erschien ihr wie ein Gefäß zu sein, ihr Gesicht wie eine Fassade, glatt und ruhig. Alle Bewegung passierte in ihrem Innern und solange sie schwieg, kam nichts davon zum Vorschein. Und weil sie schwieg, fühlte es sich sogar noch schlimmer an, da ihre Gedanken gegen eine Wand stießen. Immer und immer wieder. Gern wäre sie geflohen, doch dieser Wunsch konnte sich nicht erfüllen. Man floh niemals vor sich selbst.

Das da in ihr war sie selbst. Mehr als je zuvor. Ihr Ich so intensiv zu spüren, bereitete ihr Angst. Sie fühlte sich, als würde sie in diesem aufgewühlten Selbst untergehen, als würde sie darin ertrinken.

Hätte sie diese Entwicklung vermeiden können? Längst war sie aus ihrer Beobachterrolle herausgewachsen. Die starke Empathie für Charlotte Ehrhardt, die Freundschaft mit Anne und nun der Kuss von Rolf, all das hatte sie zu einem Teil dieser anderen Leben werden lassen. Hatte Emotionen wachgerufen, die sie vorher nicht gekannt hatte. Gefühle zu besitzen, war eines, aber diese zu beherrschen, etwas völlig anderes. War sie dabei, die Kontrolle zu verlieren?

Flucht war nicht möglich, Abstand dagegen schon. Vielleicht konnte Distanz sie retten? Vielleicht musste sie die vielen losen Fäden zu sicheren Knoten verbinden? Vielleicht lag genau darin ihre Aufgabe?

Zwei lose Fäden. Anne und Rolf. Beide auf der Suche nach etwas. Vielleicht war Angelica der Schlüssel zum Glück dieser zweier Menschen, die ihr beide so viel bedeuteten. Eine himmlische Fügung musste her. Eine göttliche Intrige. Ein teuflischer Plan. Angelica war zu allem bereit.

Die Idee, die sich in ihr ausbreitete, verlieh ihr Zuversicht. Ereignisse zu planen und Menschen zu manipulieren, bedeutete, das Steuer wieder in die Hand zu nehmen. Es bedeutete, sich in Sicherheit zu bringen, in ruhigere Gewässer.

»Du musst mir bitte diesen Gefallen tun«, bettelte Angelica. »Ich kann da nicht hin. Du kannst ihm das besser erklären als ich.«

»Was soll ich ihm erklären?« Anne verstand weder ihre Freundin noch deren seltsames Anliegen.

»Dass ich ihn nicht enttäuschen möchte.«

»Und darum versetzt du ihn?«

»Ich mag ihn zu sehr, als dass ich ihm sagen könnte, dass ich ihn eben nur mag und nicht mehr.«

Anne schüttelte den Kopf. »Warum schreibst du ihm dann nicht?«

»Worte können das nicht so klar ausdrücken wie Tatsachen. Deine Anwesenheit würde ihm das viel deutlicher machen. Und außerdem trösten. Sei bitte meine Botschafterin in dieser Sache. Er ist sehr nett und du wirst einen schönen Abend in der Oper haben.«

Vielleicht aus Neugier, vielleicht aus Mitleid mit Angelica, am Ende wusste Anne selbst nicht so genau, warum sie sich auf diese Sache einließ. Aber sie tat es.

Im Foyer des Opernhauses beschlichen sie erste Zweifel. Die Idee, sich auf ein Blinddate mit einem Fremden einzulassen, die sich anfangs noch wie ein spitzbübischer Streich angefühlt hatte, lag ihr mit jeder weiteren Minute schwerer im Magen.

Immer mehr Menschen strömten herein. Ein Defilee festlich glänzender Garderoben und Gesichter. In der Luft lag das Vibrieren allgemeiner Vorfreude.

Annes Unbehagen wuchs. Schüchtern drückte sie sich an den Rand des Foyers und beobachtete die Ankommenden. Viel Samt und Satin, Paillettengeglitzer und Pumps bei den Damen. Große Gesten und steife Schritte bei den Herren. Allesamt wie kostümierte Schauspieler vor dem eigenen Auftritt.

Inzwischen war sie sich sicher, einen Fehler zu begehen. Trotz ihres kleinen Schwarzen war sie hier fehl am Platz. Sie war einfach der falsche Gast. Dieses Fest galt nicht ihr. Rolf würde gekränkt sein, sich aber vermutlich aus Höflichkeit gezwungen fühlen, seinen Ärger zu überspielen. Es würde einfach nur peinlich werden, für sie nicht weniger als für ihn.

Die Türen zum Konzertsaal wurden geöffnet, nervöses Gesumme aus dem Orchestergraben drang zu Anne und machte sie ganz kribbelig. Unruhige kleine Fetzen von Musik mischten sich disharmonisch mit dem schwirrenden Gewirr einzelner Töne.

Natürlich war es nicht schön, Rolf zu versetzen. Aber eine Stellvertreterin zu schicken, war im Grunde noch viel schlimmer. So als wären seine Gefühle, welcher Art auch immer sie sein mochten, austauschbar. Das war beleidigend.

Mit dem Öffnen der Türen gerieten die Opernbesucher in Bewegung. Die festlich herausgeputzte Menge zog in Richtung Saal, das Foyer leerte sich rasch. Jochen hoffte nun, Angelica zu entdecken. Allerdings konnte er niemanden ausmachen, auf den Rolfs Beschreibung auch nur annähernd passte.

Ernsthafte Zweifel darüber, das Richtige zu tun, beschlichen ihn. Je länger er darüber nachdachte, desto blöder fand er seine Entscheidung, für Rolf eingesprungen zu sein. Ging das nicht eindeutig über den üblichen Freundschaftsdienst hinaus? Wenn diese Angelica eine so tolle Frau war, wie Rolf beteuerte, dann hatte sie es nicht verdient, mit ihm als Lückenfüller abgespeist zu werden.

Jochen musterte aufmerksam jeden Neuankömmling. Er wollte die unangenehme Verpflichtung einfach nur hinter sich bringen. Leider ließ sich Angelica überraschend viel Zeit.

Ein wenig tröstete es ihn, ganz offensichtlich nicht der Einzige zu sein, der bisher vergeblich hier herumstand. Auf der gegenüberliegenden Seite des Foyers hatte er eine Frau in einem schwarzen Kleid entdeckt, deren Verabredung sich ebenfalls viel Zeit zu lassen schien. Immer wieder wanderte ihr Blick quer durch den großen Raum. Als ihr Blick ihn streifte, nickte er ihr solidarisch zu, schüchtern lächelte sie zurück.

Inzwischen waren fast alle Opernbesucher im Konzertsaal verschwunden.

Die Frau blickte wieder in seine Richtung, weshalb er ratlos mit den Schultern zuckte, sie antwortete erneut mit einem Lächeln.

»Es scheint, als habe man uns beide versetzt«, rief er und schlenderte zu ihr herüber. »Dabei haben wir uns für diesen Abend doch extra schick gemacht, nicht wahr?«

Wieder reagierte sie mit einem Lächeln, doch diesmal lag darin ganz offen der Wunsch, die Begegnung mit ihm zu vertiefen.

»Vielleicht sollten wir uns aus Solidarität zusammenschließen?«, schlug sie vor. »In welcher Reihe sitzen Sie denn?«

Wie zwei Kartenspieler hielten sie ihre Tickets in die Höhe. Ihre Plätze lagen nebeneinander.

»Es scheint, wir sind beide nur die Zweitbesetzung für diesen Abend«, durchschaute Jochen die Lage. Die unerwartete Wendung versöhnte ihn schlagartig. Soeben war er nicht nur seiner unbehaglichen Rolle als Überbringer einer peinlichen Ausrede entronnen, er hatte auch noch ein absolut bezauberndes Blinddate hinzugewonnen.

Die junge Frau blitzte ihn aus ihren braunen Augen verschwörerisch an. Auch sie schien mit der überraschenden Wendung zufrieden zu sein.

»Sind Sie bereit für den ›Liebestrank‹?« fragte sie.

»Für den Trank und alle seine Konsequenzen.«

Galant deutete Jochen eine Verbeugung an und reichte ihr seinen Arm, auf den sie mit hoheitsvoller Geste ihre Hand legte. Gemeinsam schritten sie durch das breite Portal in den Konzertraum, vorbei an der ungeduldig wartenden Platzanweiserin, die hinter ihnen die Türen schloss.

›L'elisir d'amore‹ konnte sich nun endlich frei entfalten.

Um vor sich selbst eine Ausrede parat zu haben, verbrachte Angelica den Abend bei Familie Wagner. Cornelia und ihr Mann waren ausgegangen, da sie ihre Kinder in sicherer Obhut wussten.

Im Haus war alles dunkel und still. Angelica stand am Fenster und sehnte sich an einen anderen Ort. Mit jedem Atemzug verfestigten sich ihre Zweifel zur Gewissheit, einen dummen Fehler begangen zu haben. Ein Blick auf die Uhr verriet ihr, dass die Oper inzwischen begonnen hatte. Gerade in diesem Moment inhalierten Rolf und Anne gemeinsam Donizettis sinnliche Musik. Doch obwohl sie ihrem Plan gute Aussichten auf Erfolg einräumte, empfand Angelica nichts als Unzufriedenheit.

Was war sie doch für eine Närrin! Hatte sie tatsächlich geglaubt, das Glück der anderen könne ihr reichen? Die Einsicht, etwas zu wollen, das Gewollte aber nicht zu bekommen, es sogar leichtfertig verspielt zu haben, bohrte sich schmerzhaft in ihr Bewusstsein. Nein tiefer, in ihr Herz. Noch nie zuvor hatte sie sich so gefühlt.

Der Schmerz vereinnahmte sie, nahm sie regelrecht gefangen. Er existierte in ihr wie eine unabhängige Kraft, der sie etwas entgegensetzen musste. Sie konnte nicht länger stillhalten und abwarten.

Angelica schritt vor dem Fenster auf und ab, dann trat sie ins Freie. Die kühle Abendluft verschaffte ihr jedoch keine Erleichterung. Also ging sie weiter.

Was war er doch für ein Narr! Wie hatte er nur so feige sein können? Angelica hatte es nicht verdient, auf diese plumpe Weise von ihm versetzt zu werden. Egal wie unsicher er sich auf einmal fühlte. Er hätte wenigstens versuchen müssen, es ihr zu erklären.

Noch nie war ihm jemand so fremd erschienen. Zwischen ihm und Sybille hatte von der ersten Sekunde an größte Vertrautheit geherrscht. Angelica dagegen war ihm noch immer ein Rätsel. Vielleicht hatte er sich nur deshalb in sie verliebt? Weil es zwischen ihr und Sybille nichts gab, das sich vergleichen ließ. Weil daher niemand, auch er selbst nicht, auf den Gedanken kommen konnte, er würde mit ihr einen Ersatz für Sybille suchen.

Angelica war ganz anders als alle Menschen, die er bisher kennengelernt hatte. Alles an ihr war perfekt und unnahbar zugleich. Um sich ihr zu nähern, musste er sich immer wieder selbst überwinden und sich über seine Motive klar werden. Lag darin vielleicht die Ursache seines Zögerns? Weil er, um sich Angelica zu nähern, sich selbst öffnen musste? Auch vor sich selbst?

Doch so fremd sie ihm auch war, daran, dass sie ihn mochte, bestand kein Zweifel. Und allein deshalb hätte sie eine andere Behandlung verdient. Jochen zu entsenden, weil er sich selbst nicht traute, ihr seine Zweifel mitzuteilen, war ein Fehler, den er vermutlich nicht mehr gut machen konnte.

Dass er nun an seinem Schreibtisch saß und sich vorgaukelte zu arbeiten, war lächerlich. Er dachte sowieso an nichts anderes als an sie. Immer wieder glitt sein Blick zur Uhr. Ob Jochen sie inzwischen vor dem Theater getroffen hatte? Wie sie wohl sein Fernbleiben aufgenommen hatte? Ob sie trotzdem mit ihm hinein gegangen war und gerade jetzt den Klängen der italienischen Oper lauschte? Der Liebestrank von Donizetti gehörte zu seiner Lieblingsmusik, ein musikalisches Märchen, das die Magie der Liebe beschwor.

Sein Verhalten war unverzeihlich. Alles hätte er jetzt dafür gegeben, seinen Fehler rückgängig zu machen.

Vielleicht würde ein Tee ihn auf andere Gedanken bringen? Er lehnte sich in seinem Stuhl zurück und drehte sich zur Tür.

Er erstarrte.

Angelica stand in seiner Bürotür. Das konnte nicht sein! Es war eine Vision. Eine trügerische Fata Morgana, die ihm sein enttäuschtes Bewusstsein vorgaukelte.

Sprachlos ging er auf sie zu, er hatte den Drang, sie zu berühren. Nur dann konnte er sich sicher sein, dass sie tatsächlich zu ihm gekommen war.

Direkt vor ihr blieb er stehen. Auch sie wirkte überrascht. In ihrem Blick las er, dass sie nicht damit gerechnet hatte, ihn hier anzutreffen.

Sie standen so nah voreinander, dass er die Wärme spürte, die von ihrem Körper ausging.

Angst davor, zu sprechen und das Falsche zu sagen, überfiel ihn. Er wollte Angelica nicht vertreiben, weshalb er kaum zu atmen wagte. So zerbrechlich empfand er das Glück, sie bei sich zu haben.

Sie war es, die den ersten Schritt wagte und ihm sanft die rechte Hand auf seine Wange legte. In diesem Moment fiel alles Fremde von ihnen.

Rolf schloss sie behutsam in seine Arme und hob sie hoch. Wie leicht sie war. Vorsichtig trug er sie ins Schlafzimmer. Ihre Kleider glitten fast wie von allein von ihren Körpern zu Boden.

Angelica und Rolf lagen dicht aneinandergeschmiegt, tauschten zarte Berührungen aus, Haut auf Haut, Mund auf Mund. Zwischen ihnen gab es nur noch tiefes Vertrauen.

22

Längst hatten die beiden Frauen ihr ursprüngliches Rollenspiel aufgegeben. Charlotte lebte von Woche zu Woche nur noch auf die nächste Begegnung mit Angelica hin. Und so passte sie jedes Mal sehnsüchtig den Moment ab, in dem sich die junge Frau ihrem Haus näherte, um blitzschnell die Tür aufzureißen, noch bevor ihre Besucherin die Hand nach der Klingel ausstrecken konnte. Kaum hatte es sich ihr Gast dann auf der Couch bequem gemacht, begann sie zu erzählen.

Eine Flut aus Fakten, Anekdoten, Erinnerungen, Gedanken, Fragen, überraschend frischen Zweifeln und hochlebendigen Emotionen machte das alltagsabgeschirmte Wohnzimmer zu einer Insel, die sie in die Vergangenheit trug.

Charlotte sprach schnell und trieb sich erbarmungslos zur Eile an. Es war nicht so, als hätte sie sich nach langer reiflicher Überlegung dazu entschieden, einer ausgewählten Person ihre Lebensgeschichte anzuvertrauen. Vielmehr glich ihr Erzählen einem Sprung ins kalte Wasser. Angelica war eine Fremde. Und sie war ihre einzige und letzte Chance.

Charlotte wusste: Sie hatte nichts zu verlieren, jetzt da sie dabei war, alles zu verlieren. Ihrem Mitteilungszwang lag die verzweifelte Hoffnung zugrunde, etwas von ihren Erinnerungen zu retten, indem sie daraus bei ihrer Zuhörerin neue Erinnerungen schuf.

Auf eine Weise, die Charlotte sich nicht erklären konnte, war ihr Angelica von Anfang an vertraut erschienen. So als wäre die junge Frau mehr als nur eine unbeteiligte Zuhörerin. So als besitze die Fremde einen festen Anteil an ihrer Geschichte. Und als sei es darum nur konsequent, sie auch in diesen letzten Teil dieser Geschichte miteinzubeziehen.

Sobald Charlotte zu erzählen begann, öffnete sich eine Tür in die Vergangenheit. Die Geister von Paul, Hans, Charlottes Vater und auch Mutter traten ein und nahmen neben ihnen Platz. Charlotte legte alle Sorgen und Ängste, ihre Wut und auch Verzweiflung in ihre Worte. Kam sie auf Hans zu sprechen, schoss ihr die Hitze in die Wangen. Das kräftezehrende Doppelleben, das ihr die Affäre mit ihm aufgezwungen hatte, stand ihr wieder deutlich vor Augen.

»Es war gefährlich, mit ihm zusammen zu sein«, flüsterte sie. »Aber alles war gefährlich. Ihn auf unserem Dachboden zu verstecken, war gefährlich. Nach oben zu schleichen, war gefährlich. Trotzdem tat ich es. Ich konnte gar nicht anders. Es war wie eine Sucht.«

Verlegen senkte sie den Blick. Sie war noch immer dieselbe Person, die mit ihrer Scham kämpfte, sobald sie an ihren Geliebten dachte. Dieselbe leidenschaftliche Frau. Daran konnten auch die vielen Jahre nichts ändern, die sich Schicht um Schicht um ihren Körper gelegt hatten.

»Mit Paul schlief ich das erste Mal auf unserer Hochzeitsreise. Wir waren frisch verheiratet, ich war seine Frau, ich liebte ihn. Es gehörte nun einmal dazu. Er war mein erster Mann und wir beide waren unerfahren, was das anging. Leider blieb uns auch kaum Zeit, um uns so richtig aneinander zu gewöhnen. Irgendwie war es mir immer ein bisschen peinlich mit ihm. Auch als er später auf Fronturlaub nach Hause kam.

Mit Hans war das alles anders. Von der ersten Sekunde an fühlte ich mich mit ihm absolut sicher. Nichts von dem, was wir taten, fühlte sich fremd an. Liebte ich ihn? Ja, auch, aber völlig anders als Paul. Ich begehrte ihn. So etwas hatte ich bisher noch nie erfahren.«

Ein kurzes Räuspern, ein versonnenes Lächeln, ein Atemzug lang Schweigen. Vor Charlottes Augen spiegelte sich das Glück vergangener Stunden wider.

»Wir wussten, wie gefährlich es war, sich zu treffen. Denn es gab für uns keine Möglichkeit, wirklich ungestört zu sein. Vater hätte uns jederzeit überraschen können. Unsere einzige Zuflucht waren die Nächte, in denen wir damit rechneten, dass alle schliefen. Hans sagte, wir wären wie Fledermäuse, nur dass wir nicht wegfliegen konnten. Dazu zitierte er ein Gedicht von Ringelnatz, das ging etwa so: ›Ich wollte, ich wär eine Fledermaus, eine ganz verluschte, verlauste ...‹ Ja, so ging der Text. Eigentlich ganz lustig, nur dass am Ende dem Tier der Verstand ausläuft. Vielleicht vom Kopfüberhängen?

Hans wurde während des Zitierens traurig und meinte, dass auch er bald den Verstand verlieren würde, wenn das so weiterginge.

Die Nacht war unser einziger Schutz, war wie eine Wohnung, in der wir uns trafen. Ein Raum jenseits der Realität. Hans sagte: ›Du bist meine Gefährtin der Nacht und alles, was wir miteinander teilen, kann uns keiner nehmen, da es ja nur Träume sind. Tagsüber muss ich alleine träumen, und das ist furchtbar. Aber nachts, da träume ich mit dir, und das ist besser als das Leben.‹

Er hatte eine sehr poetische Ader, war ungemein belesen, kannte Bücher und Autorennamen, von denen ich noch nie gehört hatte. Er las auch fremdsprachige Romane, was mich damals ungeheuer beeindruckte. Ich wusste, dass er aus einer sehr gebildeten Familie stammte. Er hatte Verwandte in England und Amerika, wohin er zu fliehen hoffte.

Oft, wenn wir noch nebeneinander lagen, zitierte er mir lange Verse. Shakespeare, Keats, Shelley. Er kannte sie alle auswendig. Das Wenigste verstand ich und ich bettelte ihn an, mir die wunderschön klingenden Worte zu übersetzen. ›Nur wenn du sie mir mit Küssen bezahlst‹, sagte er. Oh, und wie ich ihn bezahlte, an die tausendmal, wieder und immer wieder.

Hätte man Hans entdeckt, wir hätten die allergrößten Schwierigkeiten bekommen. Die Angst saß uns ständig im Nacken. Alles, was Vater und ich taten, um Hans zu versorgen, musste unglaublich vorsichtig geschehen. Jede Geste, jedes noch so kleine Wort, jeder Handgriff. Alles, was mit Hans zu tun hatte, konnte uns verraten und eine Katastrophe auslösen. Nichts, was ich tat, war auf einmal belanglos. Ich fühlte mich wie eine Schauspielerin, die einem gnadenlos kritischen Publikum ausgeliefert war. Hinter jedem Blick eines Nachbarn, jeder Frage eines Unbekannten, jeder Bemerkung meiner Mutter sah ich eine Bedrohung.

Und auch so, ohne die Belastung, Hans zu verstecken, war das Leben schon schwierig genug. Die Luft war vor Angst verpestet. Alle hatten Angst. Angst aufzufliegen, weil sie schwarz mit Lebensmitteln handelten. Angst, weil sie hinter vorgehaltener Hand etwas Regimekritisches gesagt hatten. Angst, weil sie Kritisches dachten. Manche hatten Angst, weil ihre Abstammung nicht arisch genug war. Manche hatten Angst, weil sie einen behinderten Angehörigen vor den Euthanasiegesetzen versteckten. Alle hatten Angst. Und die Angst machte uns zu Lügnern. Wir wurden misstrauisch. Überall gab es auch Leute, die sich für kleine Vergünstigungen als Spitzel verdingten und den Schwächen ihrer Mitmenschen auflauerten.

Vielleicht lag es auch an der ständigen Angst, der Anspannung, dem Unter-Strom-Stehen, dass meine Gefühle so intensiv waren. Vielleicht war die Angst wie eine Droge, ohne die es nicht zu unserer Affäre gekommen wäre. Dabei sollte man doch meinen, dass es unter diesen Umständen völlig abwegig ist, überhaupt an so etwas wie Sex zu denken, oder? Aber im Gegenteil. Wir wussten, dass jeder Tag der letzte sein konnte. Wir hatten nicht die Illusion einer gemeinsamen Zukunft. Wir wussten, dass am Ende des Krieges, wenn das Dritte Reich zusammengebrochen sein würde, wir alle zu unserem alten Leben zurückkehren würden. Paul würde heimkommen, Hans würde mich verlassen und ich würde weiterleben wie zuvor.

Inzwischen war ich mir sicher, dass mein Vater wusste, wie es mit Hans und mir stand. Viel zu oft sah er weg, wenn Hans und ich Blicke tauschten, auch ließ er uns immer öfter allein. Gesprochen haben er und ich nie darüber. Trotzdem ließ er uns spüren, dass er unser Tun tolerierte. Überhaupt hatte Vater sein Verhalten mir gegenüber extrem verändert. Er zeigte mir, dass er meine Meinung respektierte. An manchen Tagen, wenn wir niedergeschlagen waren, weil wir einfach nicht mehr weiterwussten, nahm er meine Hände und nickte mir zu. ›Du bist stark‹, sagte er. ›Du wirst es schaffen.‹

Wir waren zu Komplizen geworden, hatten gelernt, uns oft nur durch einen Blick zu verständigen oder im selben Atemzug mit dem gleichen Wortlaut zu lügen. Nie zuvor und nie mehr danach haben wir uns so nah gestanden wie in dieser schweren Zeit.

23

Je weiter der Krieg voranschritt, desto grotesker wurde unser Alltagsleben. Bomben, Ausgangssperren, Versorgungsengpässe. Schon ein Stück Brot für Hans abzuzweigen, war ein Kunststück. Lebensmittel gab es ja nur noch auf Karte. Mutter zu belügen, wurde immer komplizierter. Solange Hans auf unserem Dachboden lebte, mussten wir ständig damit rechnen, dass sie ihn dort aufspürte.

Eine nicht wegzudenkende Gefahr waren außerdem die wiederkehrenden Bombenalarme. Hans konnte ja nicht in einem der Luftschutzkeller verschwinden. Ein weiterer Angriff wie der im August und er wäre verloren gewesen.

So war es Vaters Idee, die Hütte in unserem Schrebergarten umzubauen, um dort ein neues Versteck einzurichten. Das Grundstück lag am Rande der Stadt. Diesen Garten mit Hütte gab es schon lange, meine Großmutter hatte uns das Land vererbt, aber vor dem Krieg hatte kaum jemand Interesse daran gezeigt. Vater war Lehrer, ein Büchermensch mit zwei linken Händen. Mutter hielt körperliche Arbeit von jeher für unter ihrer Würde. Doch in dem Maße, indem sich die Versorgungslage immer stärker verknappte, erschien es uns auf einmal notwendig, selbst Gemüse und Kartoffeln anzupflanzen. Also wurde das jahrelang streng vernachlässigte Grundstück aus seinem Dornröschenschlaf gerissen. In den ehemaligen Blumenbeeten zogen wir nun Gemüse groß und der greise Apfelbaum wurde von uns wie ein Kind verhätschelt. Vater schlug vor, die Hütte so umzurüsten, dass einer von uns dort ebenfalls übernachten konnte. So würde es nicht auffallen, wenn wir einen Waschplatz und einen Ofen einrichteten. Eine Begründung für diesen Aufwand zu finden, fiel uns leicht. Immer wieder wurden Obstbäume und Gemüsebeete geplündert. Wenn ab und an jemand auf dem Grundstück übernachtete, würde das Ernteräuber abschrecken.

Noch im Herbst begannen wir mit der Arbeit. Mutter ließ uns dabei freie Hand. Sie mied das Gartenhäuschen, wobei sie nicht müde wurde, uns ihre schwache Konstitution vorzuhalten. Beflissen heuchelten Vater und ich Verständnis und beteuerten nachdrücklich, wie wenig wir ihre Hilfe benötigten, ja wie viel mehr sie uns half, indem sie uns nicht im Wege stand.

In Wahrheit kamen wir immer schlechter mit ihr zurecht. Ihr Fanatismus war kaum zu ertragen. Mehr als einmal geriet ich mit ihr aneinander. Vater beschwor mich, mich zurückzuhalten. Die Arbeit im Garten verschaffte uns Distanz und entspannte die Lage etwas. Ich sehnte mich danach, Mutters Nähe hinter mir zu lassen und mich ins Gartenhaus zurückzuziehen.

Es ging überraschend gut voran. Wir stellten einen Ofen auf, zogen eine geheime Zwischenwand ein, hinter der sich Hans jederzeit verbergen konnte, dichteten die Fenster ab.

Ich muss sicher nicht erwähnen, wie vorsichtig wir vorgehen mussten, um unsere wahren Absichten nicht zu verraten. Bis Weihnachten waren wir so gut wie fertig. Dennoch beschlossen wir, bis zum Frühjahr zu warten.

Hans' Umzug fand im April 43 statt. Wir passten einen Tag ab, an dem meine Mutter bei einer Bekannten eingeladen war. Es war mild und regnete. Wir mussten vorsichtig sein, durften allerdings auch keinen Verdacht durch übermäßige Vorsicht erregen. Hans' Gang durch die Stadt sollte absolut natürlich wirken. Mir war schlecht vor Angst. Mein Herz schlug bis zum Hals. Ich betete stumm, dass wir niemandem begegnen würden, den wir kannten. Niemanden, der uns zur Rede stellen würde.

Um zwei Uhr am Nachmittag verließ Hans in der Kleidung meines Vaters das Haus. Ich begleitete ihn. Den Hut hatte er wie zum Schutz gegen den Regen tief ins Gesicht gezogen, mit dem Schirm schottete ich ihn vor den Blicken der Passanten ab.

Als ich ihn unter freien Himmel sah, begriff ich entsetzt, wie erschreckend blass und schmal er geworden war. Auch er muss die Veränderung an sich gespürt haben. Draußen zu sein, bedeutete schutzlos allen Blicken ausgeliefert zu sein. Wie verloren er sich ohne die engen Grenzen gefühlt haben musste, an die er sich inzwischen gewöhnt hatte. Dennoch machte er seine Sache gut. Seine Unsicherheit überspielte er mutig.

Nur seinen Augen war anzumerken, wie viel Überwindung ihn dieser Weg kostete. Nie werde ich seine entsetzten Blicke vergessen, als er die Veränderungen in der Stadt bemerkte, nie seine Gier, mit der er alles in sich aufsaugte. Als wir an einem zerbombten Haus vorbeikamen, wandte er das Gesicht ab, um seine Tränen zu verbergen. Seit über einem Jahr lebte er nun schon als Gefangener. So viel war in dieser Zeit passiert! Wie ausweglos war seine Situation! Als wir das Gartenhaus endlich erreichten, war er völlig aufgelöst.

›Die Freiheit zu spüren, ohne frei zu sein, das ist ein Stück weit wie tot zu sein‹, murmelte er. Wie ein Kranker sank er auf das Bett und blieb liegen. Wäre in diesem Moment jemand Fremdes durch die Tür getreten, Hans hätte weder den Versuch zur Flucht noch zur Verteidigung unternommen. Er lag da, wie einer, der sich völlig aufgegeben hatte. In dieser Nacht wollte er keinen Trost in meinen Armen. In dieser Nacht schickte er mich nach Hause. Und ich ging.

Das neue Versteck veränderte vieles. Zwar kam ich tagsüber vorbei, aber während ich im Garten arbeitete, war er gezwungen, in der Enge der Hütte auszuharren. Er konnte ja nicht nach draußen. Manchmal saßen wir beieinander, ich auf der Türschwelle, Beine und Blicke in Richtung Grün und Weg, er drinnen verborgen im Schatten. Dann unterhielten wir uns, vorsichtig flüsternd, während ich ein Buch auf dem Schoß hielt, um den Anschein zu geben, ich läse laut.

Wieder sagte er Gedichte auf. Besonders oft Heinrich Heine. Den liebte er. Heine, der auch Jude war und ebenfalls unter seiner Liebe zum Heimatland gelitten hatte.

Ein Gedicht, das weiß ich noch ganz genau. Denn es war wie für uns geschrieben. Als ob Heine bei uns in der Enge der kleinen Gartenhütte gesessen und Hans dabei direkt ins Herz gesehen hätte. ›Aus alten Märchen winkt es, hervor mit weißer Hand, da singt es und da klingt es, von einem Zauberland.‹ Alle Strophen bekomme ich nicht mehr zusammen, aber diese eine weiß ich noch: ›wo große Blumen schmachten, im goldnen Abendlicht, und zärtlich sich betrachten, mit bräutlichem Gesicht, wo alle Bäume sprechen, ach könnt ich dorthin kommen, und dort mein Herz erfreun, und aller Qual entnommen und frei und selig sein.‹

Wie gesagt, Hans' Aufenthalt in der Hütte veränderte vieles. Nur noch selten verbrachten wir die Nacht miteinander. Bisher hatte ich mich bloß aus dem Bett schleichen müssen, um mich mit ihm zu treffen. Nun musste ich das Haus verlassen und für jede Nacht, die ich in der Gartenhütte blieb, brauchte ich einen offiziellen Anlass. Trotzdem bot das neue Versteck auch Vorzüge. Zwar musste sich Hans tagsüber unsichtbar halten, aber nachts, wenn die Schrebergartenkolonie verwaist war, konnte er stundenweise seinem engen Gefängnis entfliehen, um durch den Garten zu schlendern oder unter freiem Himmel zu sitzen. Vater sah das nicht gern, aber verbieten wollte er Hans diese kleine Hafterleichterung dennoch nicht. Dass Hans seine nächtlichen Ausgänge immer weiter ausdehnte und sogar durch die benachbarten Felder strich, ahnte mein Vater, gab aber vor, nichts zu wissen.

Hans wusste, wie sehr er durch seine Streifzüge auch uns gefährdete. Trotzdem nahm er dieses Risiko in Kauf. Nur einmal sprach ich ihn darauf an. Er reagierte ungewohnt scharf. ›Ob ich ihm das bisschen frische Luft Schnappen nicht einfach gönnen könne?‹ Er wurde unvorsichtiger, mürrischer, launischer. Diffuse Fluchtpläne setzten sich in seinem Kopf fest. Ich machte mir ernsthaft Sorgen, er könne sich zu einer unvernünftigen Kurzschlusshandlung hinreißen lassen.

In seine Traurigkeit mischte sich Wut. Wenn wir miteinander schliefen, dann blitzte da eine gewisse Grobheit auf, die er sofort durch Zärtlichkeit zu ersticken versuchte. Da war auf einmal etwas zwischen uns, etwas, wogegen unsere Zuneigung einfach nicht stark genug war.

24

Wie eine Schablone legte sich für Angelica das Glück über den August. Niemand störte ihre Zweisamkeit. Anne, selbst verliebt bis zum Anschlag, glänzte nach dem versehentlich arrangierten Treffen in der Oper durch Abwesenheit. Jochen war spontan mit ihr zu einem Urlaub in Richtung Süden aufgebrochen. Die Wagners verlebten ihre Sommerferien in den Alpen. An der Uni herrschte Semesterpause und Rolf arbeitete die meiste Zeit daheim. Routiniert ging Angelica ihrer Arbeit nach, sah sporadisch zwischen eilig ausgeführten Putzjobs in ihrem Wohnwagen nach dem Rechten, um möglichst schnell zu Rolf zurückzukehren.

Angelica ließ sich treiben. Sie genoss es, nichts tun zu müssen, um alles richtig zu machen. Die Tage und Nächte verschmolzen zu einem einzigen langen Moment. Die Zeit stand still.

Vielleicht, so begann sie vage zu hoffen, war es gar nicht so wichtig, eine Vergangenheit zu besitzen. Vielleicht reichte die Gegenwart aus, um sich eine Identität zu erschaffen.

Wie oft schon hatte sie andere von der Liebe reden hören. Als Macht des Himmels wurde sie angepriesen. Als paradiesisch, als nicht von dieser Welt. Darüber konnte Angelica nur verständnislos den Kopf schütteln. Nichts hätte weniger himmlisch sein können, als das, was sie mit Rolf erlebte. Nie zuvor hatte sie sich dem Leben verbundener gefühlt, nie zuvor ihren Körper intensiver gespürt. Ihre Sinne hatten feste Wurzeln geschlagen.

Die Realität war etwas, das man anpacken konnte, und etwas, das sie gepackt hatte. Ihr fiel nichts ein, was irdischer war als die Liebe.

Im Hier und Jetzt zu sein, war genau das, was sie wollte. Wie wunderbar es sich auf einmal anfühlte, sich selbst zu spüren, sogar dann noch, wenn sich das Erspürte gegen sie wandte. Wie köstlich war der Moment des Hungers, weil er den bevorstehenden Genuss einer Mahlzeit erst vervollkommnete. Wie herrlich war die körperliche Erschöpfung, weil erst sie der verdienten Ruhe das Gesicht der wohligen Entspannung verlieh.

Bisher hatte Angelica die Dinge stets von außen betrachtet. Sie hatte zugehört. Hatte versucht, die Menschen und ihre Motive durch Beobachtung zu verstehen. Aber nie war sie auf die Idee gekommen, die fehlenden Antworten in sich selbst zu suchen. Nun wurde ihre Neugier stiller, selbstbezogener. Gierig genoss sie ihr Glück auf eine Weise, die keine Rücksicht zuließ.

Manchmal geschah es nun, fast so wie am Anfang ihrer Erinnerungen, dass sie sich von der Fülle ihrer Eindrücke überschwemmt fühlte. Allerdings stellte Angelica fest, dass sie anders auf die Ereignisse um sich herum reagierte als vorher. Sie machte Fehler, die ihr vorher nie unterlaufen wären. So ging sie zum Beispiel mit Chris am falschen Tag zum Zahnarzt, weil sie den Termin verwechselt hatte. Oder sie vergaß, Cornelias Lieblingstee zu kaufen, weil sie den Einkaufszettel verlegt hatte. Verärgert über sich selbst, berichtete Angelica Cornelia von ihren Missgeschicken.

»Das macht doch nichts«, beschwichtigte Cornelia. »So etwas passiert jedem von uns. Das ist menschlich.«

Worte, die Angelica irritierten. Sie spürte, dass ihr etwas verloren gegangen war. Menschlich zu sein, bedeutete also, ›nicht perfekt‹ zu sein. Hatte sie an Perfektion verloren?

Als sie eines Nachmittags mit Chris im Garten Fußball spielte, stolperte sie und fiel. Sofort kam der Junge angelaufen, um ihr zu helfen.

»Hast du dir wehgetan?«, fragte er.

»Alles gut«, wollte Angelica sagen, doch in diesem Moment sah sie ihr aufgeschürftes Knie. Ein Dutzend winziger roter Perlen trat aus der Wunde hervor. Sie schwieg erschrocken.

»Ich hol dir ein Pflaster«, rief Chris und stob davon, während Angelica im Gras sitzen blieb und fassungslos auf ihre Wunde starrte.

»Ich blute«, dachte sie ungläubig.

Nur wenige Minuten später war der Junge zurück. »Das tut gleich nicht mehr weh«, versprach er und klebte ihr ein Pflaster über die blutende Stelle.

Angelica lächelte. »Danke, das hast du großartig gemacht«, sagte sie. Doch so sehr sie sich auch bemühte, es gelang ihr nicht, den Schmerz zu ignorieren, der sich pochend in ihr Bewusstsein drängte.

Die eigene Verletzlichkeit war für Angelica ein weiterer Hinweis darauf, dass Sicherheit nie ein endgültiger Zustand war. Alles, was man tat, brachte Neues hervor. Aber das Wenigste davon war vorhersehbar.

Die Realität war unüberschaubar, ein Universum, welches sich um sie herum ständig weiter ausdehnte. Zu groß, um von nur einem Augenpaar gesehen, zu komplex, um von nur einem Kopf verstanden, zu umfangreich, um mit nur einem Leben gelebt zu werden. Und doch besaß ein jeder, sie eingeschlossen, nur ein Augenpaar, nur einen Kopf und jeder lebte nur das eine Leben.

Es galt also, sich die Dinge einzuteilen. Obwohl es Irrsinn war, war es irgendwie auch logisch, sich selbst zum Maßstab zu erklären. Einen anderen Maßstab besaß man gar nicht. Und machte das nicht jeder so? War das nicht menschlich?

Und war es nicht ebenso menschlich, sich das eigene Glück unendlich zu wünschen? Sich in eine Art Stillstand hineinzuträumen? Denn das Glück ist immer ein Zustand, den man festhalten möchte. Angelica fühlte sich, wie nach einer langen Reise endlich am Ziel angekommen zu sein.

Aber die Zeit stand nicht still. Niemals steht sie still. Auch ist die Vergangenheit niemals wirklich vergangen. So sehr Rolf die Illusion eines zeitlosen Glücks mit Angelica auch teilen wollte, konnte er nicht verhindern, wie sich unaufhaltsam kleine Risse auftaten, durch die sich die Wirklichkeit in sein Leben schlich.

Zunächst waren es nur kleine Ungereimtheiten, offene Fragen, wie sie sich eben stellen, wenn man nach vorne plant. Wie die nach einem gemeinsamen Alltag. Sollte er Angelica fragen, ob sie bei ihm einziehen wollte? Sollte er ihr in seinem Haus ein Zimmer anbieten, sie zu seiner Mitbewohnerin machen? Oder war es, da sie bereits Tisch und Bett teilten, dafür schon zu spät? Hatte er diesen Punkt mit ihr schon übersprungen und steuerte auf ein gemeinsames Leben zu?

Rolf zögerte, sie seinen Freunden vorzustellen. Nicht, weil er sich ihrer schämte, sondern weil diese Freunde eben auch Sybilles Freunde gewesen waren. Man würde Angelica mit der Verstorbenen vergleichen, heimlich, diskret, vielleicht sogar wohlwollend, aber man würde auch ihn, den neuen Rolf, mit dem alten, dem vor dem

Unglück, vergleichen. Und er wusste nicht, ob er dieser Gegenüberstellung gewachsen war. Ob die Zeit dafür schon reif war.

Angelica bedeutete für ihn einen neuen Anfang. Aber konnte man Neues beginnen, wenn man das Vergangene noch immer nicht losgelassen hatte? War er bereit loszulassen? Durch Angelica fühlte er sich dazu verpflichtet und gleichzeitig auch gedrängt.

Sein Albtraum begann, ihn wieder heimzusuchen. Diesmal mit doppelter Härte, denn zwischen die blutigen Bilder des Unfalls mischten sich nun neue Schuldgefühle. Furchtbare Fratzen, die ihm nicht nur die Vergangenheit, sondern auch die Zukunft zum Vorwurf machten. So auch eines Nachts, nachdem sie sich zärtlich geliebt hatten.

Entsetzt schreckte Rolf auf und tastete sich an der friedlich neben ihm schlafenden Angelica vorbei aus dem Bett. Er flüchtete ins Bad. Hier im kalten Neonlicht kam er wieder zur Besinnung. Erst im Morgengrauen wankte er, betäubt vor Müdigkeit, zurück ins Schlafzimmer.

Er wünschte sich verzweifelt einen Ausweg. Tagsüber verbarrikadierte er sich hinter seinen Büchern, entwarf neue großartige Forschungsprojekte und beteuerte, wie glücklich er sei, endlich wieder arbeiten zu können und dass Angelica ihn wunderbar inspirierte.

Aus tiefstem Herzen wollte er seine Worte in Wahrheit verwandeln, doch das Wunder blieb aus. Jedem Tag voller Tatendrang und vielversprechender Pläne folgte ernüchternd wieder eine angstvoll durchwachte Nacht.

25

Der Alltag vereinnahmte mich so sehr, dass ich sogar zeitweise vergaß, an Paul zu denken. Die Zeit vor dem Krieg erschien mir inzwischen wie ein unwirklicher Traum. Hatte ich ihn je geliebt? Er war so weit weg von allem, was mich tagtäglich in Beschlag nahm, dass ich ihn mir überhaupt nicht mehr als einen Teil meines Lebens vorstellen konnte. Seit gefühlten Ewigkeiten hatten wir uns nicht mehr gesehen. Seit Monaten hatte ich keine Briefe mehr von ihm erhalten.

Habe ich Ihnen eigentlich schon ein Bild von ihm als Soldaten gezeigt?«

Angelica, die sich auf der Couch in Charlottes Wohnzimmer bequem zurückgelehnt hatte, wie es inzwischen dem festen Ritual zwischen ihr und der alten Dame entsprach, beugte sich vor und nahm das gereichte Foto zur Hand.

Der Mann auf dem Bild war, seit sie ihn das letzte Mal auf dem Hochzeitsfoto mit Charlotte gesehen hatte, noch hagerer geworden. Sie sah ein müdes Gesicht, schütteres, streng nach hinten gekämmtes Haar, einen schmalen Hals, dessen blasse Haut in einem engen Uniformkragen steckte. Pauls Verletzlichkeit erschütterte sie.

Auf einen Schlag war Angelica alles klar. Sie kannte ihn. Die Bilder, die auf sie einstürmten, wirbelten ihre Gedanken so heftig durcheinander, dass ihr schwindlig wurde. Sie fühlte sich wie in einem außer Kontrolle geratenen Karussell. Angelica konnte nicht anders, als hilflos zurück in das weiche Couchpolster zurückzusinken.

Seit Stunden schwieg die Front. Mit der gestrigen Abenddämmerung war das ferne Geschützfeuer eingeschlafen. Der Morgen bewahrte noch immer seine kühle Stille. Niemand wagte, laut zu sprechen. Alle wussten, dass sich hinter der trügerischen Ruhe ein Sturm zusammenbraute. Zwischen den verlassenen Mauern eines ausgebrannten Bauernhauses hatten sie Stellung bezogen. Sie, das waren neben ihm noch seine sechs Kameraden. Ihr Auftrag hatte gelautet, feindliche Truppenbewegungen auszukundschaften. Dabei waren sie entdeckt und aufgerieben worden. Die Flucht war ihnen zwar geglückt, jedoch in die Richtung, die sie von ihrer Einheit wegführte. Vor Anbruch der Nacht hatten sie sich dann in dieser Ruine verschanzt, deren bröckelndes Mauerwerk ihnen immerhin Schutz vor den feindlichen Kugeln bot.

Die Weite des Himmels ließ ihn ans Meer denken. Einzelne Schäfchenwolken zogen vorüber, heiter wie Schiffe, die einem friedlichen Hafen entgegeneilten.

Irgendwo in dem kleinen Wäldchen jenseits der Lichtung lauerte der Feind. Der Rückweg war abgeschnitten. Einzig der Angst ihrer Gegner, die ganz offensichtlich nicht wussten, mit wie viel Gegenwehr sie zu rechnen hatten, war es zu verdanken, dass sich deren Angriff noch hinauszögerte.

Paul staunte darüber, wie gleichgültig die Schöpfung rings um sie herum das kriegerische Treiben ignorierte. Selbst hier, in diesem durch Panzerspuren durchfurchten Feld, inmitten rücksichtslos massakrierter Landschaft hüpfte eine Blaumeise auf den Ästen eines verstümmelten Bäumchens hin und her und zwitscherte.

Es war Oktober, die Nächte wurden inzwischen wieder empfindlich kalt, die Bäume färbten sich bunt. Die verschwenderische Schönheit rührte ihn. Der Natur war der Krieg egal. Unbeirrbar machte sie weiter und weiter. Der Tod war ihr ein selbstverständliches und vorübergehendes Phänomen. Dem Herbst würde der Winter folgen und diesem der Frühling. Das Leben in seiner endlosen Wiederholbarkeit setzte sich immer wieder durch. Die Natur schöpfte aus einem unendlichen Reservoir an Kraft. Ein Leben zählte nur so viel wie das nächste, das es ersetzte, wann immer es nötig wurde.

Die Überlegenheit dieses Systems beunruhigte Paul. Er besaß nur dieses eine Leben. Schmerzhaft schlug sein Herz von innen gegen die Brust. Er spürte es stark und fordernd, dieses Leben. Es pochte und brannte in ihm wie eine Wunde.

Er gehörte nicht hierher. Er wusste noch nicht einmal, wo genau sie sich eigentlich befanden. War das hier Polen? War es das Baltikum? Seit Wochen änderte die Front ständig ihren Verlauf, trieb sie unbarmherzig in Richtung Westen zurück. Niemand sprach es offen aus, aber alle dachten es: Der Krieg war längst verloren.

Er wollte fort von hier. Hier zu sein, war ein Irrtum. Der Krieg war ein Irrtum. Ein schrecklicher, unverzeihlicher Irrtum. Nichts davon besaß einen Sinn. Der Tod besaß keinen Sinn. Krieg war Tod. Aber für ihn zählte doch nur das Leben. Sein Blick richtete sich nach Westen. Dort lag die Heimat. Dort wartete das Leben auf ihn. Dort wartete Lotte. Unter dem gleichen Himmel wie er. Wenn es eine Zukunft für ihn gab, dann dort, nur dort.

Plötzlich stürzte der Himmel ein, zerbarst in Tausende scharfkantige Splitter, die auf ihn herabregneten wie Hagelkörner. Weder ihm noch seinen Kameraden blieb genug Zeit, um zu begreifen, was genau mit ihnen passierte. Ein Donnern fegte über sie hinweg, bohrte sich mit elementarem Zorn in die Erde und kehrte das Unterste nach oben. Er hörte Schreie und wusste nicht einmal, ob es seine eigenen oder die seiner Kameraden waren. In den Boden des Bauernhauses hatte der frühere Besitzer eine Art Proviantkeller gegraben und durch eine Holzluke verschlossen. Eine Vertiefung kaum größer als ein Grab, die Paul am Vorabend einen Schauer über den Rücken gejagt hatte. Nun lag er in diesem Loch und konnte sich nicht daran erinnern, wie er hineingesprungen war. Über ihm tobte der Tod. Mehr als einmal glaubte Paul, die Wucht der Explosionen würde ihn aus seinem Versteck an die Oberfläche katapultieren und in der Luft zerreißen. Dann, so plötzlich wie alles begonnen hatte, war alles still.

Gelähmt vor Angst hielt er den Atem an und horchte. Die Stille war erdrückend. So sehr er sich auch bemühte, er konnte nichts hören außer seinem Blut, das in seinen Adern rauschte, und seinem Herzschlag, der in seinen Ohren hämmerte.

Vorsichtig prüfte er seine schmerzenden Gliedmaßen auf ihre Beweglichkeit und ihr Vorhandensein. Aus Erfahrung wusste er, dass Schmerz kein zuverlässiger Indikator war. Das Adrenalin, das in einer solchen Situation freigesetzt wurde, täuschte mühelos über lebensbedrohliche Verletzungen oder den Verlust ganzer Körperteile hinweg. Dennoch war Paul sich sicher, bis auf wenige Schrammen nicht verletzt worden zu sein. Allerdings machte sich eine andere Gewissheit in ihm breit. Er wurde verschüttet.

In der Kompaktheit dieser Nische hatte er die Wucht der Explosionen überlebt, aber der Schutt hatte ihn unter sich begraben. Der festgestampfte Boden markierte das Unten, das raue Holz des Verschlags kennzeichnete das Oben seiner Rettungskammer. Mit bloßen Händen kratzte Paul an der Luke. Minutenlang. Bis ihn der Schmerz zwang aufzugeben. Aus eigener Kraft hatte er keine Chance. Er war ein lebendiger Toter in einem zufälligen Grab, das ihm kaum mehr Platz ließ, als sich im Liegen einmal um sich selbst zu drehen. Eine Witzfigur des Schicksals, das ihn vor dem sicheren Tod rettete, nur um ihn danach elendig verrecken zu lassen.

Fassungslos brüllte er seine Wut hinaus, bis seine Schreie in ein heiseres Schluchzen übergingen. Das durfte nicht sein. Das konnte nicht sein. Er lebte. Er wollte leben. Mit jeder Faser seines schmerzenden Bewusstseins fühlte er sich lebendig.

»Bleib ruhig, bleib ruhig, bleib ruhig«, beschwor er sich selbst. Der beherrschte Klang seiner Stimme verlieh der Dunkelheit Struktur, teilte die Stille in Sprache und Schweigen, in Sein und Nichtsein. So fand Paul die Kraft, seine Panik in Schach zu halten. Die Panik, das spürte er, war jetzt sein ärgster Feind. Sie lauerte in der Dunkelheit darauf, seinen Verstand zu verschlingen, bis von ihm nur noch eine würdelose Hülle übrig bleiben würde, deren Rettung sogar ihm zu viel sein würde. Die letzte Zuflucht seines Seins lag nun in ihm selbst.

Erneut richtete er seine Aufmerksamkeit aufs Hören, schloss sogar die Augen, um wertvolle Energie zu sparen. Sein Körper verwandelte sich in ein angespanntes Horchen. Doch außer dem Blut, das in seinen Schläfen pochte, und seinem flachen Atem konnte er noch immer nichts vernehmen. Die Zeit verstrich. Minuten, Viertelstunden, Stunden, Paul wusste es nicht. Sein Mut sank. Die Stille verschluckte all sein Streben, das sich nach draußen richtete. Ohne ein einziges Echo fand er sich auf sich selbst zurückgeworfen. Eine bodenlose Hoffnungslosigkeit tat sich in ihm auf.

Wie lange würde er so durchhalten? Ohne Nahrung, ohne Wasser. Er erschrak. Ohne Sauerstoff. Würde er langsam ersticken? Wie war der Tod? War er wie einschlafen? Würde er erst das Bewusstsein verlieren? Er fühlte sich müde und er fragte sich, ob seine Erschöpfung vielleicht schon der Anfang war. Vielleicht wäre es das Beste, sich einfach fallen zu lassen?

Doch was, wenn man draußen nach ihm suchte? Wenn einer seiner Kameraden überlebt hatte? Wenn der Feind sich zurückgezogen hatte und Hilfe unterwegs war? Jedes einzelne Wenn glich einem absurd winzigen Strohhalm, und war doch genug, um sich daran festzuklammern.

Nein, er war noch nicht bereit, sich aufzugeben. Er durfte jetzt nicht einschlafen. Er musste weiter horchen, um seine Retter rechtzeitig zu bemerken und durch sein Rufen herbeizulocken. Er hatte gar kein Recht aufzugeben, solange er noch lebte. Wenn er jetzt aufgab, welchen Sinn hatte es dann, dass er bis hierhin überlebt hatte?

Draußen herrschte jetzt der hellste Tag. Erneut dachte Paul an die unbeeindruckte Natur, den Wald, die Vögel, das ständige Wachsen und Werden. Die Natur brauchte ihn nicht. Sie würde ohne ihn fortbestehen. Alles würde fortbestehen, ohne ihn. Und er hatte bisher nicht einmal Spuren hinterlassen. Nichts, von dem man sagen konnte, dass es ihn überdauern würde. Er hatte weder Entdeckungen gemacht, noch hatte er etwas erfunden. Er hatte nichts gebaut, nichts gesät, nichts gepflanzt. Wäre er ein Künstler gewesen, dann gäbe es von ihm eine Handvoll Bilder oder Skulpturen, ein paar schmale Verse in einer Bibliothek, eine sehnsuchtsvolle

Melodie, die jemand vor sich hin summte, wenn ihn das Heimweh übermannte.

Irgendwo da draußen war Lotte. Inzwischen hatte er mehr Zeit an der Front verbracht als mit ihr in der flüchtigen Zeit ihres Zusammenseins. Noch hatten sie ihr Versprechen einer gemeinsamen Zukunft nicht eingelöst. Ja, sie hatten es bisher nicht einmal richtig angerührt. Es mochte sein, dass die Welt sich nicht um ihn scherte. Es mochte sein, dass er der Welt keine besonderen Heldentaten schuldete. Aber er fand, dass sie ihm etwas schuldete. Er wollte doch nur sein kleines Leben leben. Mit Lotte zusammen sein, alt werden.

Die Welt, sie interessierte ihn gar nicht. Es war ihm egal, welche Völker sich den Kopf einschlugen. Sein eigenes Glück war alles, was zählte.

Die Welt, so wie er sie sah und empfand, existierte nur durch ihn. Auf seine Weise war er der Mittelpunkt seines Universums. Eines Universums, das mit ihm zusammen sang- und klanglos verschwinden würde. Mochte sein, dass seine Sicht unendlich kleingeistig und egoistisch war. Aber sie war der Kern seiner Wahrheit.

Eine Welle der Wut brandete in ihm auf. Das Ungleichgewicht der Kräfte machte ihn rasend. Ohnmächtig stand sein Wille einer größeren und mitleidslosen Gewalt gegenüber. Er fühlte sich ermordet. Sein Tod war absurd. Alles in ihm bäumte sich dagegen auf.

»Lass mich hier raus!«, brüllte er und weinte vor Zorn und Trotz wie ein Kind. »Ich. Will. Leben.« Seine Schreie verebbten in der Dunkelheit.

Paul begriff, dass er verloren hatte. Er konnte zappeln, so viel er wollte, aber einen Gegner, der sich nicht einmal aufs Kämpfen einließ, konnte man nicht besiegen.

Er würde sterben.

Aber er würde wenigstens bis zum letzten Atemzug Herr seines Lebens bleiben. Mochte ihn der gestaltlose Feind am Ende töten, Paul würde sich nicht dazu herablassen, um sein Leben zu betteln. Nein, er würde Haltung bewahren. Er würde sich nicht darauf einlassen, diesem Feind seine Schwäche anzubieten, in der lächerlichen Hoffnung, sich doch noch vom Tod loszukaufen. Ein Handel mit dem einzigen Sinn, ihn seiner letzten Würde zu berauben.

Paul wollte versuchen, bis zum Ende einen klaren Kopf zu behalten. Obwohl er sich dadurch der tröstenden Illusion um Rettung beraubte. Dies war die einzige Form von Widerstand, die ihm blieb. Sein letzter Wille, an den er sich klammerte.

Schier bodenlos war die Traurigkeit, in die er hinabtauchte. Es war ihm, als sinke er völlig schwerelos immer tiefer mit der einzigen Gewissheit, nie wieder festen Boden zu erreichen. Die Traurigkeit wurde zu seinem neuen Element. Sie schloss sich um ihn wie Wasser um einen Ertrinkenden. Alles – wirklich alles – war verloren. Mit Erstaunen quittierte er, wie unfassbar viele Dinge es waren, von denen er Abschied nahm. Wie viele Dinge es waren, die er sein Leben genannt hatte. Wie reich er gewesen war. Allem voran trauerte er um Lotte. Vor seinen geschlossenen Augen verschmolz ihr Bild in der Dunkelheit seines Grabes zu einem herzglühenden Licht aus Liebe. Liebe, das war, was er fühlte. Alles, was noch zählte und was er jetzt noch war.

Ein anderes Licht tauchte vor ihm auf. Ein Licht, das blieb, als er die Augen wieder öffnete. Das Gefühl, nicht allein zu sein, umhüllte ihn tröstend. Sicher halluzinierte er bereits, anders war die Anwesenheit dieses Wesens nicht zu erklären. Hell dehnte es sich immer weiter aus und Paul spürte, wie sehr ihn seine Energie erfasste. Dass die Begegnung ihn nicht betäubte, ihn sogar weckte, war erstaunlich.

Pauls Sinne wurden schärfer. Jede noch so kleine Nuance nahm er auf einmal wahr: Jeden Erdkrümel, der von den Wänden seines engen Gefängnisses rieselte, jedes spitze Steinchen, das unter seinem Körper stach, das Scharren seiner Stiefel erschien ihm ohrenbetäubend, ebenso das Reiben des rauen Uniformstoffs, sobald er sich auch nur um einen einzigen Millimeter bewegte. Er roch den Schweiß und das Blut, das Holz der Luke über ihm, spürte den Staub, der sich pudrig an seine Haut heftete und sogar auf seinen Pupillen klebte. Alles das trat deutlich hervor, jedes noch so feine Detail, er selbst wuchs aus sich heraus. Das Wesen war ihm inzwischen so nah, dass er fast mit ihm verschmolz. Nichts konnte ihn jetzt noch aufhalten. Nur eines. Das Einzige. Das Wichtigste. Sein letzter Gedanke.

»Bitte, rette Lotte. Sie muss überleben. Sie ist nun alles Leben, das ich habe. Rette meine Liebe. Rette dieses Leben.«

Völlig unvermittelt wich das fremde Wesen von ihm und Dunkelheit trat wieder an seine Stelle. Der Verlust schmerzte Paul, doch die sanfte Berührung hatte eine neue Hoffnung in ihm zurückgelassen. Vorsichtig horchte er in die Stille hinein. Stimmen und Motorgeräusche drangen schwach zu ihm hinab. Da draußen waren Menschen. Man suchte nach Überlebenden. Man suchte nach ihm.

»Hier bin ich! Hier unten!«, schrie er, doch die dichte Wand aus Erde und Schutt verschluckte seine Rufe. Er schrie, bis sich seine Stimme überschlug und die Lunge brannte. Er schrie sich die Seele aus dem Leib und würde sich bis zum Ende seiner Tage an den Schmerz erinnern, der in dieser Redewendung wohnte, der sich anfühlte, als zöge man ihm bei lebendigem Leib die Haut vom Körper. Er schrie, bis er ohnmächtig wurde.

Sie fanden ihn. Drei Stunden nachdem feindliche Geschütze die Ruine, in der Paul mit sechs Kameraden Deckung gesucht hatte, dem Erdboden gleichgemacht hatten. Sie bargen ihn als einzigen Überlebenden. Es war ein Wunder.

Charlottes Worte drangen dumpf zu Angelica durch. Sie brauchte eine Weile, um sich zu orientieren, bevor sie der Erzählung der alten Dame wieder folgen konnte.

»An diesem frühen Morgen, im Ausklang der Nacht, hatte ich einen schrecklichen Traum. Ein Licht umhüllte mich. Grell blendend und hart wie Glas. Ich war darin gefangen wie in einem Kokon. Völlig bewegungslos. Es trug mich davon, so rasend schnell, dass ich das Gefühl hatte, ohnmächtig zu werden. Mir war übel und ich wollte nur noch, dass es aufhörte. Dann hörte es auf und alles war dunkel. Und in diesem Moment wusste ich, wo ich mich befand. Ich wusste es, als sei ich tatsächlich dort. Ich war bei Paul, nein, ich war in Paul. Sein Atem war mein Atem. Alles, was er sah, hörte und spürte, war mein Sehen, Hören und Spüren.

Er war verschüttet worden. Ich spürte seine Verzweiflung. Seine Trauer. Seine Wut. Seine Angst. Er schrie und weinte. Immer wieder rief er meinen Namen. Doch so sehr ich auch versuchte, mich bemerkbar zu machen, ich konnte ihn nicht erreichen. Nichts wünschte ich mir in diesem Augenblick mehr, als dass er mich spürte. Als dass er wusste, wie nah ich bei ihm war. Ich war mir sicher, dass ihn dieses Wissen retten könnte. Und so strengte ich mich noch mehr an, ihm meine Anwesenheit zu zeigen. Vergeblich. Mein Erwachen kam absolut unvorbereitet. Es katapultierte mich gnadenlos in meine Welt zurück.

Die Gegenwart erschien mir völlig irreal. Ich brauchte Stunden, um zu mir zu kommen, und fühlte mich dabei hundeelend. Die Bilder aus meinem Traum ließen sich nicht abschütteln.

Viele Jahre später erzählte mir Paul von seinem Erlebnis. Wie er geglaubt hatte, sterben zu müssen. Und dass ihm in seiner Not ein Licht erschienen sei. Er sprach von einem Engel. Es schien ihm peinlich zu sein, und er befürchtete, sein Trauma im Nachhinein wohl zu romantisieren. Aber im Kern hielt er an seiner Geschichte fest. Er war sich absolut sicher, eine besondere Begegnung erlebt zu haben.

Ich tat so, als würde ich seine Worte belächeln. Als teilte ich seine Ansicht, die Dinge zu romantisieren. Aber in Wahrheit gefror mir das Blut in den Adern. Hatte ich doch selbst gesehen, wovon er sprach. Natürlich war das alles etwas Besonderes, etwas, das sich im Grunde nicht erklären ließ. Außer man ließ es zu, an ein Wunder zu denken.

Dieses Erlebnis, das mich trotz Hunderter Kilometer Entfernung gepackt hatte, als wäre ich tatsächlich vor Ort gewesen, dieses Erlebnis rettete auch mein Leben. Denn ich entschied mich, an diesem Tag nicht zu Hans zu gehen. Es war der 19. Oktober und es gab einen schrecklichen Fliegerangriff auf die Stadt. Große Teile von Mainz und der angrenzenden Ortsteile wurden zerstört, darunter auch die Schrebergartenkolonie mit unserem Gartenhäuschen. Wäre ich dort gewesen, ich hätte es nicht überlebt.«

Charlotte hielt inne, ihren Blick fest auf Angelica gerichtet.

»Du warst es. Du bist es. Du hast mich schon einmal gerettet. Damals damit ich leben konnte. Und jetzt …«

»… damit du gehen kannst. In Frieden gehen kannst«, beendete Angelica den Satz.

Charlotte hatte sie erkannt. Endlich war alles klar. Ihr war alles klar. Die vielen kleinen Mosaiksteine, aus denen sich ihre Erinnerungen der letzten Monate zusammengesetzt hatten, fügten sich nun zu einem großen Ganzen. Alles machte auf einmal Sinn.

»Bist du mein Todesengel?«

Angelica schüttelte den Kopf. Wie sollte sie Charlotte erklären, dass es nicht um den Tod ging. Sondern um das Leben. Immer nur um das Leben. Dass es für sie diese Grenze gar nicht gab. Dass sie selbst außerhalb der Zeit stand.

Charlotte lächelte. Sie verstand und sprach leise weiter: »Ein Wunder, ich mochte dieses Wort nicht. Paul war dankbar, weil ihn dieses Ereignis gerettet hatte. Daran glaubte er fest. Auch mich hatte es gerettet. Aber wie hätte ich es ein Wunder nennen dürfen? Denn an diesem Tag starben so viele Menschen. Hans starb. Er starb allein und ich fühlte mich, als hätte ich ihn im Stich gelassen. Als trüge auch ich Schuld an seinem Tod.«

Erneut verstummte Charlotte, aber nur kurz. Dann fuhr sie fort. »Hans starb an diesem Tag. Unser Garten wurde dem Erdboden gleichgemacht. Die ganze Umgebung wurde verwüstet. Mein Vater und ich nahmen unseren Verlust gefasst zur Kenntnis. ›Ich schäme mich‹, sagte er auf dem Rückweg in die Stadt. ›Aber ich bin erleichtert, dass die Bombe alles zerstört hat. Wenn auch nur die kleinste Spur von Hans gefunden worden wäre, hätte uns das in große Schwierigkeiten gebracht. Lass uns sein Andenken in Ehren halten und vorerst nicht mehr über ihn sprechen.‹

Ich habe nie richtig um Hans trauern können. Um mich zu schützen, verbarg ich meine wahren Gefühle, sogar vor mir. Das Leben ging einfach weiter. Bis zum Kriegsende geschahen noch viele schreckliche Dinge. Zeit, um über alles nachzudenken, blieb keinem von uns.

Als Paul zurückkam, da waren wir beide fest entschlossen, an unser altes Leben anzuknüpfen. Natürlich war das nicht leicht. Die schlimmen Jahre hatten ihre Spuren hinterlassen. Aber unser Wille, es erneut zu versuchen, war stärker. In der ersten Zeit waren wir uns noch fremd. Doch wir nahmen unsere kurze gemeinsame Vergangenheit und die Aussicht auf eine gemeinsame Zukunft und rauften uns zusammen. Das Geschenk einer zweiten Chance erhält man vielleicht nur einmal im Leben. Paul und ich hatten das erkannt und wir wussten, dass wir einander der zuverlässigste Halt inmitten der Haltlosigkeit einer Welt waren, die jederzeit ihre Richtung ändern konnte.«

Ein strahlendes Lächeln erleuchtete Charlottes Gesicht.

»Kurz vor seinem Tod hat Paul davon gesprochen, dass er vor dem Sterben keine Angst habe, weil er wisse, ein freundliches Wesen warte auf ihn, ein Engel vermutlich. Es habe ihm schon einmal Hoffnung gegeben.«

»Paul selbst war diese Hoffnung. Er war so voller Liebe. Mehr als alles andere wollte er, dass du lebst.«

»Ob er mir meine Affäre verziehen hätte?«

»Er wusste, dass es nichts zu verzeihen gab.«

Wieder nickte Charlotte, eine schwache Bewegung, mehr gedacht als tatsächlich ausgeführt. »Ich habe keine Angst«, murmelte sie. »Denn es ist gut so, wie es ist. Weil es gut war, wie es war. Ich habe sehr viel bekommen. Vielleicht mehr, als der Himmel ursprünglich für mich vorgesehen hatte. Ich fühle mich reich beschenkt.«

»Warst du glücklich?«

Einen Moment lang zögerte Charlotte.

»Das ist nicht die Frage, die wichtig ist. Glück ist keine Summe, die du als Bilanz unter eine Rechnung setzen kannst. Du kannst Glück haben und trotzdem ein schwieriges Leben führen. Manche Menschen bekommen das Glück in Form von Gesundheit und Wohlstand regelrecht hinterhergeworfen und sind trotzdem nicht froh. Am Ende ist es nur wichtig, geliebt zu haben.«

»Und das hast du.«

Charlotte nickte. Inzwischen war sie sehr müde. »Ich bin einverstanden, wenn du jetzt deinen Auftrag erfüllst. War das nicht von Beginn an dein Plan?«

»Ich glaube ja. Aber ich bin froh, dass so viel mehr daraus geworden ist. Ich habe viel gelernt.«

»Das gehört dazu, wenn man lebt ...«

»... und liebt«, flüsterte Angelica. Noch einmal lächelte Charlotte, dann legte sie wie zum Schlafen ihren Kopf zur Seite. Und mit dem letzten Atemzug sank ihr Bewusstsein davon.

Angelica blieb noch lange sitzen. Ungerührt floss die Zeit weiter voran. Obwohl in diesem Zimmer die Stille soeben etwas tiefer geworden war, wusste Angelica, dass die Welt draußen laut genug war, um auch diesen Zuwachs an Stille zu übertönen. Aber sie wusste auch, dass sie diese kostbare Stille in ihrer Erinnerung stets bewahren würde.

Charlottes Haustürschlüssel legte sie auf die kleine Kommode im Flur, neben das schweigende Telefon. Ein letztes Mal ging sie durch den engen Flur in Richtung Tür. Der Abschied fiel ihr leicht, denn alles in der Wohnung hatte auf einen Schlag seine Bedeutung verloren. Ohne sich umzublicken, trat sie ins Freie und ließ die Haustür hinter sich ins Schloss fallen.

26

Wie in einem Vakuum bewegte Angelica sich nach Hause. Charlotte war fort. Sie hatte etwas mitgenommen, das Angelica nun nie wieder zurückbekommen würde. Die Trauer breitete sich unaufhaltsam in ihr aus. Nie hätte sie erwartet, dass eine leere Stelle so sehr schmerzen könnte.

Ihr Wunsch zu verstehen, hatte sich erfüllt. Das also war es, das Menschsein. Diese Kraft, die sich immer wieder selbst erschuf. Diese Energie, die sich verzehrte, als sei sie unerschöpflich. Dieses Leben, das sich aufbäumte, dieses klitzekleine verletzliche Etwas, das im Grunde keine Chance besaß gegen das unendlich Große. Und das alles war nur aus einem einzigen Antrieb heraus. Aus Liebe.

Unendlich oft schon hatte Angelica Sterbende begleitet. Hatte ihnen in der Einsamkeit des Todes beigestanden. Ihr Licht hatte den Seelen geholfen loszulassen.

Doch warum fiel den Menschen dieses Loslassen überhaupt so schwer? Unendlich oft hatte sie sich das gefragt. Was war an diesen Menschenleben so viel kostbarer als an der Unendlichkeit? War das Überwinden der Zeit denn nicht erstrebenswerter als alles andere? Die Menschen waren ihr dumm vorgekommen in ihrem kleinlichen Gebaren, sich an ihre verletzlichen, schwachen Körper festzuklammern.

Doch nun verstand sie. Die Klarheit, mit der sie alles begriff, betäubte sie. Als Engel hatte sie über der Zeit gestanden. In der Unendlichkeit besaß das Leben keinen Wert. Es gab keine Hoffnungslosigkeit, weil es keine Hoffnung gab. Es gab keine Menschlichkeit, weil es keine Liebe gab. Doch die Liebe, das spürte sie nun selbst, war nichts, worauf man verzichten konnte, wenn man sie auch nur ein einziges Mal gespürt hatte.

Sie hatte sie gespürt, mehrfach, wiederholt, in unterschiedlichsten Formen. Sie liebte und nun war auch sie gefangen in der Zeit. Gefesselt an das Leben. Und das Leben war alles.

Maria fiel ihr ein. Maria, die gestorben wäre, wenn ihre Begegnung mit Angelica sie nicht davon abgelenkt hätte. Maria, die Erste, der sie Trost geben konnte, nicht um zu sterben, sondern um zu leben.

Chris. Auch ihn hatte sie gerettet und seinen Tod vereitelt wie einen Fehler, den sie korrigieren musste, nachdem sie ihn erkannt hatte.

Anne. Hier war die Rettung gegenseitiger Natur. So jedenfalls fühlte sich ihre Freundschaft an.

Und nun Rolf. Er, der sie wie kein anderer festhielt. Er, der sie endgültig zum Menschen machte, indem er sie dazu brachte, ihn zu lieben. Der sie dazu bringen würde, die Unendlichkeit aufzugeben, wenn sie nicht aufpasste.

Die Liebe zu ihm war schön. Doch sie wusste, wohin das Leben mit ihm führen würde. Am Ende wartete immer der Verlust. Es gab kein Leben ohne diesen Preis. Solange sie Mensch war, würde sie immer in Gefahr schweben. Sie würde ihre Sicherheit aufgeben. Und am Ende würde sie alles verlieren.

Noch war es nicht zu spät umzukehren. Denn noch wusste sie, woher sie kam. Noch hatte sie die Wahl.

Das Herz beschwert mit Tausend Unsicherheiten betrat sie Rolfs Haus. Wie unter Wasser kämpfte sie sich voran, jeder Schritt eine große Mühe. In der Küche sank sie schließlich matt auf einen Stuhl in der Nähe des Fensters. Als Rolf sie fand, starrte sie auf die blanke Tischplatte. Kaum stand er neben ihr, sah sie auf. Ihr Blick hielt ihn auf Distanz. Schweigend nahm er ihr gegenüber Platz. Die Stille im Raum wie ein letzter Schutzschild gegen die Wahrheiten der Welt.

»Charlotte ist tot«, sagte sie und wunderte sich darüber, wie eine so ungeheuerliche Information überhaupt in drei Worten Platz haben konnte.

»Das war die alte Dame, für die du gearbeitet hast, nicht wahr?«

»Ich mochte sie. Ich wusste gar nicht, wie sehr ich sie mochte.«

»Hier«, sagte er und zog aus seiner Tasche ein Taschentuch, das er ihr reichte. Erst jetzt merkte Angelica, dass sie weinte. Das erste Mal in ihrem Leben weinte sie. Die Traurigkeit rann aus ihren Augen. Als ob all die Traurigkeit in ihr nicht genug Platz fände. Dass Menschen gingen, wenn ihre Zeit gekommen war, wusste sie und hatte sie stets hingenommen. So lautete nun einmal das Gesetz. Daran war nichts Persönliches. Doch dass nun ein Mensch gegangen war, den sie mochte, jemand, der ein Teil von ihr war, das verwandelte den Tod in eine sehr persönliche Angelegenheit. Dieser Schmerz war neu und verstörend. Ein Schmerz mehr, der ihrem Bild vom Menschsein hinzugefügt wurde. Ein Schmerz mehr, gegen den sie sich nicht zu wehren wusste.

»Sie hatte sicher ein erfülltes Leben, so alt wie sie geworden ist«, tröstete Rolf.

»Was nutzt mir das?«, empörte sich Angelica und hob trotzig ihren Kopf. »Ich hätte gern mehr Zeit mit ihr gehabt.«

»Ich weiß«, murmelte er schwach.

»Warum sagst du dann so etwas Dummes?!«

»Weil es keine besseren Worte gibt. Weil es nie die richtigen Worte dafür gibt.« Mit hängenden Schultern saß er vor ihr. »Es tut mir leid, dass ich dich nicht besser trösten kann. Trauer ist wie Liebe nun einmal etwas sehr Egoistisches. Jeder erlebt seine Gefühle für sich. Aber vielleicht hilft es dir, dass du damit nicht allein bist.«

»Mein Kummer wird dadurch nicht kleiner.«

»Nein, aber auf Dauer vielleicht etwas erträglicher.«

Auf einmal tat es ihr leid, ihn soeben derart schroff abgekanzelt zu haben. Was wusste sie schon von Trauer? Charlotte war eine alte Frau gewesen. Rolf hatte recht, wenn er sagte, dass sie ihr Leben gelebt hatte. Charlotte war bereit gewesen zu gehen. Ihr Tod war einvernehmlich. Sie hatte die alte Frau gemocht, sehr gemocht. Vielleicht auch, weil sie sich ihr durch die geteilten Erfahrungen so nah fühlte. Weil Charlotte zugelassen hatte, dass ihr Leben ein Stück weit zu Angelicas Leben wurde. Trotzdem war ihre Zuneigung in nichts vergleichbar mit der Liebe, die Charlotte für Hans oder auch Paul empfunden hatte. In nichts vergleichbar mit dem, was sie bereits für Rolf empfand. Oder dem, was Rolf für Sybille empfunden haben musste. Angelica erschrak. Wenn das Ausmaß der Trauer davon abhing, wie sehr man jemanden liebte, dann wollte sie lieber nicht lieben. Dann würde sie es nicht ertragen.

»Ich will das nicht. Ich kann das nicht. Das ist zu viel«, stammelte sie.

»Man gewöhnt sich.« Sein Lächeln unterstrich schüchtern seine Hilflosigkeit. Über den Tisch hinweg reichte er ihr seine Hand.

Nun war sie es, die ihn gerne trösten wollte. Er hatte schon so viel mehr gelitten als sie. Fest drückte sie seine Finger zusammen. Sofort sprang Rolf auf und zog Angelica an sich.

Panik ergriff sie. Was, wenn das, was sie ihm geben konnte, auf Dauer nicht genug für ihn sein würde? Und was, wenn sein Trost nicht ausreichte? In seiner engen Umarmung fühlte sie sich auf einmal wie in einer Falle und so schnappte sie mühsam nach Luft, wand sich aus seinen Armen.

»Es ist schwer, sich daran zu gewöhnen«, sagte sie. Sie hatte das Gefühl, sich bei ihm entschuldigen zu müssen. Ihr war auf einmal klar, dass sie es niemals schaffen würde, ein Mensch zu sein.

»Hast du denn eine Wahl?« Er lächelte erneut. Diesmal voller Zuversicht. Und Angelica fühlte sich schuldig.

In der Nacht lag sie wach und zählte andächtig Rolfs Atemzüge. Ruhig und sorgenlos schlief er an ihrer Seite. Traumbilder flackerten unter seinen geschlossenen Lidern. Träumen, das war auch etwas, das sie erst seit Kurzem tat. Dass die Wirklichkeit bis in ihren Schlaf hineinreichte, dass sich die Welt um sie herum so tief in ihr Bewusstsein grub, dass sie ihr zu keiner Zeit mehr entrinnen konnte, war extrem verwirrend. Noch immer hatte sie sich nicht daran gewöhnt und mehr denn je sträubte sie sich dagegen, diesen Kontrollverlust zuzulassen.

Unruhig setzte sie sich auf. Zart lag das Mondlicht im Raum und ließ, während alle Farben schliefen, den

Kontrast zwischen hell und dunkel besonders deutlich hervortreten. Ein Lächeln huschte über Rolfs Gesicht. Offensichtlich träumte er etwas Schönes.

War Glück nicht sowieso nur ein Traum? Eine Illusion, die man sich selbst erschuf? Rolfs Verletzlichkeit rührte sie. Vor gar nicht langer Zeit hatte er einen geliebten Menschen verloren. Erst jetzt begann Angelica zu ahnen, was das überhaupt bedeutete.

Ein Frösteln lief über ihre Haut. Sie war nicht bereit dazu, solche Schmerzen zu ertragen. Bereits die Angst vor dem Schmerz ließ sie schier verrückt werden. Trotz der lauen Sommernacht war ihr auf einmal kalt und sie zog ihre Decke enger um sich. ›Hast du denn eine Wahl?‹, hatte Rolf sie gefragt und war dabei davon ausgegangen, dass es diese Wahl eben nicht gab.

Aber er irrte. Für sie gab es diese Wahl. Noch besaß sie die Freiheit der Entscheidung. Doch sie musste sich beeilen. Mit jeder Stunde, die sie zögerte, entglitt ihr die Freiheit immer mehr. Längst hatte Angelica ihre ursprüngliche Leichtigkeit verloren. Aus anfangs unbefangener Neugier war ein dichtes Geflecht aus Sympathien und Freundschaften gewachsen. Schon jetzt konnte sie nicht mehr einfach so aufstehen und weggehen. Sie würde sich losreißen müssen und in jedem Fall dabei verletzt werden.

Ihr Zittern wurde immer heftiger. Um Rolf nicht zu wecken, sprang sie aus dem Bett.

Nichts war weniger himmlisch als die Liebe. Die Liebe war so irdisch wie das Leben selbst. Leben hieß Liebe und Tod, Gewinn und Verlust, Glück und Trauer, alles und nichts. Wer lebte, besaß keine Wahl. Alles war ein Geschenk. Aber eines, für das man bezahlte. Diese Erkenntnis verwundete und verwunderte sie gleichermaßen. Wer lebte, war sterblich. Wer liebte, verletzlich. Einen Mittelweg gab es nicht.

Sie musste sich entscheiden. Viel Zeit blieb ihr nicht. Mit jedem weiteren Tag verlor sie an Objektivität. Die Klarheit, die ihr Charlottes Geschichte gebracht hatte, würde nicht lange halten. Schon bald würde es für sie keinen Ausweg mehr geben. Sie hatte schon einmal vergessen, woher sie kam und wer sie war.

Rolf wünschte sich eine Familie. Er würde mit ihr Kinder haben wollen. Angelica erschauderte. Kinder! Zu ihrer Angst um Rolf würde dann auch noch die Angst um ihre Kinder hinzukommen. Jeder Tag würde sie aufs Neue in Schrecken versetzen. Jede Krankheit, jedes Missgeschick, all die Gefahren, die in der Welt lauerten, würden ihrer Fantasie neue Schreckgespenster bescheren. Ihre Sorgen würden sie zerfleischen. Und wenn die Vorstellung eines Unglücks sie bereits halbwahnsinnig machte, was würde passieren, wenn dann tatsächlich einmal ein Unglück geschah? Wenn dann wirklich einmal einem ihrer Lieben etwas zustieß?

›Man gewöhnt sich‹, hatte Rolf gesagt und es tröstend gemeint. Doch an so etwas konnte und wollte sie sich nicht gewöhnen. Niemals!

Sie durfte nicht länger zögern. Keine einzige Sekunde. Waren ihre Zweifel nicht Beweis genug dafür, wie schwer es jetzt schon war?

Um keinen Preis wollte sie ihn verletzen. Doch genau das würde sie, wenn sie jetzt ging. Es sei denn, dachte sie, es sei denn ...

Ihr Entschluss war eine Entscheidung aus Liebe. Aus Liebe zu ihm und zu sich selbst. Und die einzige Entscheidung aus Liebe, in der auch Vernunft lag. Niemals sollte sich Rolf daran erinnern, was in dieser Nacht geschah. Denn alles, was zwischen ihnen war, würde nie passiert sein.

Angelica schlich vorsichtig zurück ins Schlafzimmer. Wie gerne hätte sie ihn noch ein letztes Mal berührt, aber sie wagte es nicht aus Furcht davor, ihn zu wecken. Die Gefahr war einfach zu groß. Sie wusste, dass sie ihm nicht würde widerstehen können, sollte er die Hand nach ihr ausstrecken, um sie in seine Arme zu ziehen. Also blieb sie neben dem Bett stehen und beobachtete seinen Schlaf.

Der Abschied musste schnell passieren. Noch in dieser Nacht. Sofort.

Unzählige Gefahren lauerten auf ihn, an jedem einzelnen Tag seines Lebens. Als Mensch an seiner Seite war sie den gleichen Gefahren ausgesetzt wie er. Aber aus der Ferne würde sie über ihn wachen, ihn beschützen können. Sie wusste, dass ihrer Entscheidung Feigheit anhaftete, aber so ließ sie sich wenigstens rechtfertigen. Auch wenn sie sich selbst betrog. Er sollte glücklich sein. Er würde glücklich sein. Er würde lieben.

27

In rascher Fahrt gleitet das Cabrio über die nachtschwarze Straße. Das blaue Licht der Armaturen umhüllt die Fahrerin und ihren Beifahrer zärtlich. Der Frau am Steuer fällt es schwer, sich zu konzentrieren. Sie ist müde und erschöpft und will möglichst schnell ins Hotel. Etwas nachlässig folgt sie dem Verlauf der Fahrbahn, die sich harmlos in einer leichten Rechtskurve biegt.

Plötzlich taucht ein Hindernis vor ihnen auf. Im grellen Licht der Scheinwerfer steht es vor ihnen. Instinktiv reißt die Frau das Steuer herum. Die Fliehkraft trägt den Wagen von der Straße. Rutschend kommt er im aufgewühlten Grün zum Stehen.

Ein Esel steht mitten im Weg. Vermutlich wollte er die Straße überqueren und wurde vom herannahenden Scheinwerferlicht geblendet. Nun da ihn nichts mehr behindert, nimmt er stoisch ganz nach Eselsart seinen Weg wieder auf und verschwindet hinter den benachbarten Bäumen. Bereits einige Sekunden später ist er nur noch eine Erinnerung. Und noch einige Sekunden später ist sich keiner von ihnen mehr sicher, ob er tatsächlich da gewesen ist.

Allerdings ist der ihnen entgegengekommene Kleinlaster, dessen Spur das Cabrio bei seinem Ausweichmanöver gekreuzt hat, alles andere als Einbildung gewesen. Nur knapp ist das Cabrio einer Kollision entkommen.

Zunächst zögernd, dann aber umso bereitwilliger verdrängt das Paar den Gedanken an das Unglück, das ihnen beinahe widerfahren wäre. Lachend bahnt sich ihre Erleichterung einen Weg an die Oberfläche. Bereits einige Sekunden später erinnern sie sich an ihren Schock nur noch wie an einen schlechten Witz, den sie ebenso gern wie schnell vergessen.

Und wie zum Beweis dafür, dass sie niemals ernsthaft in Gefahr geschwebt haben, setzt auch der Fahrer des Kleinlasters nach einem gleichgültigen Schulterzucken seinen Weg wieder fort. Nur für wenige Augenblicke hatte er seine Fahrt unterbrochen, nur für ein kurzes, temperamentvolles Intermezzo aus Gehupe und italienischen Flüchen. Aber auch das ist nur wenige Sekunden später bereits Erinnerung.

Das Paar schiebt erleichtert das Cabrio zurück auf die Straße. Es geht überraschend mühelos und schon wieder lachen sie, ein wenig überdreht, ein wenig, als ob sie sich gegenseitig versichern müssten, dass tatsächlich nichts passiert ist. Aber es ist ja auch wirklich nichts passiert. Einen Schaden am Wagen können sie nicht entdecken. Und wenn? Wozu hat man mit dem Leihwagenvermieter denn sonst eine Versicherung abgeschlossen? Was kann also schon groß passieren?

Alles in allem haben sie wohl Glück gehabt, großes Glück. Alles andere hätten sie sich an diesem Tag auch nicht vorstellen können.

Epilog

Arm in Arm geht das alte Paar spazieren. In diesem Alter hält man sich nicht mehr nur an der Hand. Das Bedürfnis nach Halt ist größer geworden.

Sie gehen schweigend, denn die alltäglichen Worte haben sie sich schon so oft gesagt, dass sie diese meist schon wissen, bevor sie sie sagen. Wenn sie sich wirklich etwas zu sagen haben, dann wählen sie dafür ihre Worte mit großer Bedachtsamkeit. Oder sie schweigen. Das sagt die Dinge oft sogar noch besser.

Sie gehen langsam, weil sie nicht mehr schneller können. Sie wollen es auch nicht, denn alles, was wirklich von Bedeutung ist, kommt jetzt auf sie zu.

Mit leichtem Schritt schwebt eine Frau an ihnen vorbei, kreuzt ihren Weg wie ein heiterer Sonnenstrahl, den man gerne festhalten möchte. Sie ist hübsch, sogar ein wenig mehr als nur hübsch, besonders auf den zweiten Blick, den der alte Herr ihr in fast vergessener Gewohnheit hinterherschickt. In seinem Alter freut er sich besonders über den Anblick von Schönheit und Jugend. Vor allem, wenn er in so wunderbar blaue Augen blickt.

Ganz kurz hält der alte Mann inne. Ganz kurz, es fällt kaum auf, da er sich sowieso nur sehr langsam bewegt, so langsam, als möchte er nur einen Atemzug lang stehen und ausruhen.

Ein Bild blitzt in ihm auf, kristallklar und rein nur für den Bruchteil einer Sekunde. Ein Erinnern, ein Wiedererkennen. Fast so, als ob er die junge Frau schon einmal gesehen hätte. Fast so, als ob er sich an sie erinnere wie an eine frühere Liebe. Ihm ist, als ob ihn ihr blauer Blick umschmeichle. Fast zärtlich. Aber niemand außer ihm scheint das zu bemerken. Und es dauert auch nur eine einzige Sekunde. Dann ist es auch schon wieder vorbei.

Etwas unschlüssig grüßt er die Fremde, schenkt ihr sein wehrloses Lächeln und sieht ihr schon vergessend nach, als sie tief zufrieden an ihm vorüber geht.

Pola Polanski

ICH BIN VIRGINIA WOOLF

ROMAN

kartoniertes Buch
ca. 114 Seiten
Preis 13,00 EUR [D]
ISBN 978-3-95771-285-1
ET: Februar 2021

Ebook epub
ISBN 978-3-95771-286-8
Ebook PDF
ISBN 978-3-95771-296-7

Inka Ziemer ist eine geniale Autorin. Nur hat sie nie ein Wort geschrieben. Sicher ist sie sich aber trotzdem, denn sie spürt, dass sie eigentlich Virginia Woolf ist.

Der Roman taucht in die Welt einer Schizophrenie-Patientin ein. Der Leser folgt dem Wechselspiel zwischen Wahrnehmung und Realität. Was aus Inkas Perspektive vollkommen logisch und zusammenhängend erscheint, wird aus einem anderen Blickwinkel zu einer absurden Selbstinszenierung.

Ein Text, der den Fragen nach Wahrnehmung, Realität und Identität nachgeht.

Rumjana Zacharieva (Hrsg.)
BULGARIENS HERZ
Anthologie aktueller Bulgarischer Lyrik

gebundenes Buch
ca. 100 Seiten
Preis 16,00 EUR [D]
ISBN 978-3-95771-271-4
ET: Juni 2021

Ebook epub
ISBN 978-3-95771-297-4
Ebook PDF
ISBN 978-3-95771-298-1

Bulgarien: ein kleines Land mit einem großen Herzen … für Poesie.

31 zeitgenössische, junge bulgarische Lyrikerinnen und Lyriker präsentieren in der vorliegenden Anthologie ihre Texte, ausgewählt und übersetzt von der deutschbulgarischen Autorin Rumjana Zacharieva.